体少年。
さよならの軌道、さかさまの七夜
渡来ななみ

illustration / sime
design / Yoshihiko Kamabe

天体少年。

さよならの軌道、さかさまの七夜

渡来ななみ

序　――二十年後――

「このたびは大発見おめでとうございます、如月《きさらぎ》先生。さすがはプロの天文学者ですね」

……満面の笑《え》みを浮かべる記者を目の前に、私はほんの少し鼻白《はなじろ》んだ。この女、天文学についての予備知識《ちしき》はなにも持ってこなかったのか。

「確《たし》かに私は天文学をやっていますが、小惑星の発見というのは専門分野ではありませんよ」

答えてから、今度はほんの少し後悔した。いささか、語気がつっけんどんになってしまったかもしれない。

目の前にいる女を少しだけ観察《かんさつ》してみる。東北《とうほく》の辺鄙《へんぴ》な地方に建てられた研究所まで、わざわざ取材に訪れてきた、香水の匂《にお》いが鼻につく都会的な女性雑誌記者。流行の服に身を包み――もっとも、巷《ちまた》では今どんなファッションが流行しているのか、私が知る由《よし》もないが——茶髪には大きくウエーブをかけている。乱雑な私の研究室には、似合わないこと甚《はなは》だしい人物だ。

ソファには座ってもらったものの、お茶くらい出してやった方がいいのだろうか。今日《きょう》はそういうことに気がつくような助手は出払っている。我ながら、未だに世間一般の礼儀《れいぎ》作法に疎《うと》いのは、困ったものだ。

この女は、別次元の人間なのだな。どうという感情を抱いたわけではないが、私はうっすらと思う。ファンデーションで塗り固めた仮面じみている肌、動かすたびにてらてらと光るくちびる。さほど年は離《はな》れていないのだろうが……ろくに化粧もしていない私のような人間は、こういった女の目にはどう映っているのだろう。

たまにメディアで私という人間が取りあげられる時、「天文学者」という肩書きの前に必ず「美人」という形容が冠されるのには閉口した。単にマスコミが使いたがる、枕詞《まくらことば》のようなものかもしれないが……。

——日本人《にほんじん》にしては赤みがかったロングヘアの女性で、難解《なんかい》な講義《こうぎ》をしている姿が颯爽《さっそう》としていた——以前、別の雑誌で取材を受けた時、私の写真入りでそういった文章を載せられたことがあった。複雑な心境だったもので、今回の取材も断りたかったのだが、一般読者向けの雑誌で特集を組まれることは、世間で天文学への関心が高まるきっかけになるかもしれないと助手たちにお説教されて、不本意ながら今回も引き受けることとなった。ひいては、わが国の天文学の発展のためでもある。が。個人的には、子どもの頃《ころ》にも雑誌の記事というものに嫌《いや》な思い出がある。美人天文学者などと呼ぶのも、できれば勘弁してほしい。地上世界には恋人の一人もいるわけではない、この私には。

美人になりたい、と願《ねが》っていたのは子どものうちだけだった。それも、早くから一緒に暮らせなくなってしまった母親に近づきたいという、ただの憧《あこが》れにすぎなかったように思う。もう亡くなってしまった母は、目の前の女とはまた違って、つつましさと素朴さを併《あわ》せ持った美人だった。

研究や論文《ろんぶん》の執筆、大学での講義などに明け暮れているうちに、いつの間にか私は、女であることをすっかり放棄してしまったのかもしれない。やっぱり、滝沢《たきざわ》さんのようにはなれなかったか。

……苦笑を気づかれないように、口元で噛《か》み殺す。懐《なつ》かしい名前を思い出したが、今は取材に応対しなければならない。

「天文学者と言いましても、私は天体観測のプロというわけではありません。観測天文学者だった父とは違いまして、理論天文学を研究しておりますので」

どうせなら、昨年アメリカの某科学雑誌に発表した超弦理論の新解釈について取材してほしかった。日本人研究者として、海外でも多少名前を知られるきっかけにもなったのだし。……だが、この女にそれを期待しても仕方ないだろう。

私は、本題に入ることとした。

「小惑星を含む新星は、アマチュア天文家たちによっても多く発見されています。天文学ほどアマチュアの方たちが大きく貢献されている学問は、現代では珍しいかもしれませんね」

小惑星。太陽系《たいようけい》を周回する、惑星とは比べ物にならないほどの小さな天体たち。いびつなじゃがいものような形をしているものも多く、星というよりも、巨大な岩石のようなものだ。以前は火星《かせい》と木星《もくせい》のあいだで数多く発見されていたが、近年は太陽系の外縁部《がいえんぶ》でも沢山《たくさん》見つかっている。外縁部――惑星から準惑星となったことが記憶《きおく》に新しい、あの冥王星《めいおうせい》の軌道付近から太陽系外に広がる、エッジワース・カイパーベルトと呼ばれる領域で。

これまでに見つかった小惑星は、番号が確定《かくてい》されたものだけでも、すでに数十万個を超えている。大発見、と呼べるようなものではない。それでわざわざ取材などされるのは、私が女だからかもしれない。なにぶん、一九九〇年代までのおよそ半世紀、日本では女性による天体発見が一例もなかったくらいなのだから。

「私が今主に研究しているのは、ダークマターや超対称性、ニュートリノなどの分野です。ダークマターというのは、日本語では暗黒物質と翻訳《ほんやく》されていますが、宇宙の約23％を占めている正体不明の物質のことです。

実は、私たちが知っている原子で構成された——言い換えれば、私たちが認識することのできる物体、もちろん恒星などのすべての物質がこれに含まれますが、それらは宇宙全体のたった４％しか占めていないことがわかってきています。ほかの約73％はダークエネルギーと呼ばれ、これもまったく正体が摑めません。つまり、宇宙に存在している物体の殆《ほとん》どが、私たちの常識を超えた物質やエネルギーなのです」

こんな話であれば何時間でも続けられるのだが、記者は膝《ひざ》を乗り出しはしなかった。彼女はただ、こう受け答える。

「そんなにも難《むずか》しい研究をされている女性の方って、素晴《すば》らしいですね」

思わず嘆息しかけて、それを押し殺す。

「ダークマターの存在をいちはやく論文として発表したのはベラ・ルービンという女性の天文学者だったんです。しかしルービンは女であるがために、男性優位《ゆうい》の宇宙物理学の世界で困難を余儀なくされたんですよ。『宇宙には私たちに見えない物質が存在している』という研究結果は、データにきちんと基づいたものだったのに、当初は相手にもされなくて」

女か男かということは、学問には関係ないだろう。暗にそう言いたかったのだが、意図は伝わらなかった。まるで私の話を遮《さえぎ》るかのように、記者は「そういった研究をされている如月先生が、どうして小惑星の発見をなさったんですか」と話題を変えてくる。……やはり、私は空気が読めない性質《たち》らしい。

「……小惑星を捜索していたのは、どちらかといえば、ただの個人的な趣味《しゅみ》のようなものです。もともと、子どもの頃は観測天文学を志していましたし……父が天体観測のために建てたこの研究所もありましたし。本業の合間にここで観測を続けていたら、たまたま発見に結びついただけです。運の良さ以外の何物でもありません、宝くじを引き当てたようなものですね」

エッジワース・カイパーベルト——彗星《すいせい》の溜《た》まり場でもある、太陽系の辺境。小惑星も氷でできている、想像を絶する冷たい世界……。

エッジワース・カイパーベルト。……あの人がその言葉を発音した時のくちびるのかたちまで、鮮明《せんめい》に思い出せる。今、あの人がそこにはいないということは、私にも容易に想像できるのだけれど。

あなたは今、宇宙のどのあたりにいるのだろう。もう、木星は通り過ぎただろうか。まだ、あたしに出会っていないあなたは……。

「――ですか？」

「……ああ、すみません。もう一度お願《ねが》いします」

気がつくと、記者の質問をうっかり聞き逃していた。まだ取材を終えていないのに、感傷にひたりすぎてしまったのだ。

しかし、なんとも歯がゆい。私は天文学の魅力《みりよく》をもっと語りたいというのに、この女は「如月先生は中学校に通っていなかったというのは本当ですか」とか、「天文学を専攻されたのは、やはりお父《とう》さんの影響《えいきよう》ですか」とか、そういったつまらない質問ばかりを投げかけてくる。

「中学生の頃、両親が離婚《りこん》して、私は父と一緒に海外にいました。そののち日本の高校には入学しましたが、結局、私はこの国の教育にはあわなかったようです。高校は中退することになり、その後、アメリカに留学しました。子どもの頃には英語《えいご》は苦手でしたので、話せるようになったのはそれからです。留学を決めるまで、日本にいるあいだに私がやったことと言えば、結局、歯の矯正《きようせい》くらいのものでした」大宇宙の神秘よりも、こんな話の方が喜ばれるだなんて、残念だった。私のことなんて、『地上の『些事』ではないか。

否、一応はわかっている。私に取材をしているこの記者は、科学雑誌ではなく、大衆誌の記事を書くのだ。彼女が私に求めているのは、天文学の知識などではなく、「天文学者として活躍《かつやく》する女性の素顔」とか、そういったものなのだろう。

「好きな男性のタイプは」と質問された時に「宇宙が恋人です」と答えたら、なんとも失望した顔をされた。だが、たとえ真の意味を説明したとしても、とても信じてはもらえないだろう。これはオカルト雑誌の取材でもないのだし。

もう天文学の話は振ってくれないのだろうと諦《あきら》めていたら、次にはこんなことを尋《たず》ねられた。

「ところで、先生が発見された小惑星には、どんな名前をつけられる予定ですか？」

彗星は、発見者の名前をつける決まりであるし――日本人が発見したものとなると、百武《ひやくたけ》彗星や本田《ほんだ》彗星が思い浮かぶ――ほかの新天体にしても、数字やローマ字を組み合わせた散文的な符号で呼ばれるのが一般的だ。でも、小惑星に関しては、確定番号がつけられるほか、発見者が比較的自由に命名することができる。

「小惑星を発見したといっても、まだ仮符号がついた段階ですから……いえ、こんな話はどうだっていいでしょうね。正式な名前を決められるのはまだ先のこととなりますが、私は、『τ《タウ》－３８５０２ａｗ』と名づけたいと思っています。もっとも」私は苦笑をこぼす。実際これでは、天体の固有名詞なのだか、ただの符号なのだか、一般の人間には紛らわしいだけであろう。「この名前で申請《しんせい》しても、許可が下りるものか、正直なところ私にも分かりかねます。無理であれば、ただ『タウ』と名づけたいと思っていますが」

「はあ」彼女は、狐《きつね》につままれたような顔をしている。「どういった意味が込められているんですか？」

「初恋の相手の……名前なんです」

『初恋』というワードに記者が興味《きょうみ》を覚えつつも、戸惑っているのを感じはした。

でも、いいのだ。

もはや、私の関心はここにはない。

心はもう、研究室の白い天井《てんじょう》を突きぬけて、遠大な闇《やみ》の世界を彷徨《ほうこう》していた。

遠いあの人のことを、また想《おも》う。

何度想像してみても不思議《ふしぎ》だ。あの人は今も私に近づいてきているのに、私は今も、あの人と遠ざかりつづけているのだから。

あの人の本当の姿を私は知らない。視認することができないからだ。もしかして私の研究が進めば、少しでもその存在に近づけるのだろうか——否、わかっている。それは私の世代に実現することではないだろうし、なにより、私がもうあの人に会えないことは、当時すでに証明されてしまっている。

あの人は、少年の姿をしていた。でも、私は今も、少女だった時と同じように、あの人の影《かげ》を胸に宿らせ続けている。あの人に出会う前の子どもだった私なら、そんなの意味がないよ、と笑ったかもしれない。だが、私はそうだとは思わない。

何度、想像してみても不思議だ。あの人は、確かにずっと私を想っていてくれる。でも、それは同時に、すべて過去の出来事でしかないのだ。

誰《だれ》にも話してはいない、二十年前の記憶のリボンを、密《ひそ》かにまた解《ほど》いていく。

交わした言葉。あの人が見せた表情。連れて行ってもらった風景の数々。

繰《く》り返し、何度も思い出しつづけていたせいで、私はすべてを覚えている。一生忘れ得ない、永遠に終わらない――星降る異国の島で、私があの人とすれ違った、七日間のことを……。

第一夜

「君は、驚《おどろ》かなかったんだね」

少年は、最初にそう口をひらいた。

もっとも、あたしには、彼を本当に少年と呼んでいいのか確信が持てなかった。まあ、男の子の顔をしているし、特にさしつかえはないんじゃないかな。

「なんで、いきなり過去形？」

まず、そっちの方が気になった。

少年の顔に浮かぶ、かすかな苦笑。それは、周囲の大人《おとな》たちがあたしの言動に対して、「まったく、海良《みら》は変わった子だからなあ」というニュアンスで浮かべるそれと同質のものだった。そんなにヘンテコな女の子だとは自分では思えないんだけど、人からはそう見えるらしい。

「前にあなたと会ったこと、あったっけ。あたし、人と話したことはよく覚えている性質なんだよね。もしも、あなたみたいな人に会っていたら、絶対忘れないんじゃないかな」

「君が僕に会ったのは、これがはじめてだよ」

少年は、そう認めた。銀色《ぎんいろ》の砂をぶちまけたような星空の中で、まるで奇妙な月のように、白い顔をうっすらと浮かびあがらせながら。

「でも、はじめて会った時から、君は驚かなかったんだね」

そして、こらえきれないように、くすくすと笑っている。あたしが聞きたいのはそんなことじゃないのに。

「あたしはただ、大宇宙のスケールから考えたら、あなたみたいな人だっているかもしれない、と思っただけだよ。見た目で人を判断しちゃいけないもん」

ちょっと腹が立って、あたしは宙に浮かぶ『半透明』の少年を軽くにらんだ。

「なんだか、あなたの言い方だと、あたしはあなたのことを知らないけど、あなたは前からあたしのこと知ってるみたいだよね。なんだか、上から目線《めせん》だなあ。……あっ、別にあなたが浮かんでることに文句言ってるんじゃないよ。見上げてるのに、首が痛いけど」

いつも星空を見上げてばかりいるあたしが口にするような台詞《せりふ》でもないんだけど、

少年は「あはは、そうだよね。ごめん、ごめん」と謝《あやま》りながら、すう、と音もなくあたしの目の前の地面――この異国の、真夜中の草原――へと降りてくる。

地面に並んで立つと、彼はあたしより少しだけ背が高かった。もっとも、背が高い、と本当に形容していいのかどうかわからない。なんといっても、少年の胴体部分はすっかり透けてしまって、あたしの目には見えないんだから。

見えるのは、襟《えり》を含めた首から上の部分。それと、袖《そで》から指先まで、あるいはズボンの裾《すそ》からつま先まで、といった四肢の先端だけ。それらをつなぎあわせている筈《はず》の腕や脚も見えない。手のひらや靴がぶらぶら宙に浮かんだ、欠陥品のマリオネットみたいな姿だった。

襟や裾から推測すれば、白の開襟《かいきん》シャツに黒ズボンを身につけているようだ。着古したTシャツとジーンズなんて身なりのあたしと比べて、ずっときちんとした格好をしている。

見た目では、あたしと大差ない年頃。色白の童顔で、睫毛《まつげ》が長くて、女の子みたいな――ボーイッシュだと評されるあたしより、よほど繊細《せんさい》な――顔立ちをしている。

黒い瞳《ひとみ》は、ガラス玉みたいに表情がない。その目を間近で見てはじめて、この人は人間じゃないんだなと悟った。グレーの髪をはみ出させている黒い帽子のつばが円《まる》いのが、なぜか土星《どせい》の輪《わ》っかを連想させた。

透明な胴体に実体があるのかどうか、さわって確かめたくなったが、初対面の相手にそれは失礼だろうと思って自重することにする。ほら、あたしって、とっても常識的。

「君は、如月海良」少年は、当たり前のようにあたしの名前を口にする。「名前の由来は、くじら座の変光星ミラ。天文学者のお父さんと一緒に、母国である日本からこの南国の島に渡ってきているせいで、学校には通っていないけど、本当は中学二年生。夢は、お父さんと同じく天文学者になること」

「その通り」あたしは、ちょっと肩をすくめた。「個人情報が筒抜けになっている訳を訊《き》いてもいいかな？」

「海良が教えてくれたんだよ。僕は最初から、ちゃんと君の話を聞いていたんだからさ」

「だから、会ったことないのにどうして。えーと……」

「τ《タウ》」少年のくちびるが、動く。まるで、ずっと前からそれが定められていたかのように。

「僕は、『τ－38502aw』……名前というか、識別番号だけどね」

「……」

τ、というのがギリシャ文字だというのは、すぐに理解できた。天文学を少し学んでいれば誰でも知っていることだけど、各星座の星は明るいものから順にギリシャ文字のアルファベットで名づけられている。

一方で、彼が口にした数字とローマ字の羅列《られつ》は、天体につけられる符号なのではないかという気がした。小惑星や彗星につけられる番号とは違う並びだけれど……。

「あなたは、人間じゃなくて、天体なの？」

気がつけば、そう訊《き》いていた。すると、少年——タウは何故《なぜ》か、とても嬉《うれ》しそうに微笑《ほほえ》んだ。まるであたしを心底、慈《いつく》しんでいるかのように。

「ご名答。さすが、海良だね」タウは、言った。「僕は、天体だよ」

風が吹き渡る。あたしたちの立つ草原をさわさわと鳴らしながら。

「でも、あなた、あたしと言葉が通じてる。それに男の子の姿をしてるのに」

「昔の僕は君と同じく、この地球で暮らしている普通の人間だったんだ。昔、といっても、君から見たら、ずっと遠い未来のことになるけど」

「？」

その時、気づいた。

闇の中に白く浮かんでいる少年の顔が、さっきから少しずつ、少しずつ、薄《うす》くなっていること。まるで夜明けの空の中に、姿を溶かしていく月のように。

「今の僕は、ご覧《らん》の通り、人間じゃない」と、タウは言った。ガラス玉のような瞳の中に、どんな感情らしき影も見せずに。

「僕は、太陽系を巡っている天体なんだ。普段《ふだん》、宇宙の中で公転している時はこの姿をしていない。ただし、君たちの科学では、僕の本体である天体を観測することはできないんだよ。だから、僕という天体には、小惑星とか彗星とかいうような名称はつけられていない。

僕はさながら彗星のように、太陽系の外縁部、君たちが呼ぶところのエッジワース・カイパーベルトから、金星《きんせい》近くまでの細長い軌道をおよそ百五十年かけて廻《まわ》っている。ただし、この身体《からだ》を現していない時の僕は、君たちの次元の存在じゃない。

僕が、君と同じ時間の流れの中にいるのは、この姿を惑星の夜の中で保っていられるあいだだけ。僕という天体は、この宇宙の中を未来から過去へと進んでいる。つまり、明日《あした》の夜に君が出会う僕は、僕にとっては昨夜の僕なんだ。

今回、地球《ちきゅう》に接近した僕が、この惑星の地表に不完全ながらも人間だった頃の姿を浮かべられるのは、ほんの七日間だけ。地球の傍《そば》に来た彗星が夜空に姿を見せることができる期間が限られるようにね。僕は、海良から見て今日から六日後の夜に、君と出会った。そして、七つの夜を君とこの島で過ごすことになったんだ。今夜は僕にとって、君との最後の夜なんだよ」

少年の言葉を耳にしているあたしは、いつしか自分が深く腹式呼吸をしていることに気づく。まるで、長いあいだ時間を忘れて、宇宙の深淵《しんえん》を想いながら星空を見上げている時のように。

それから、唐突に悟る。無表情に見えるガラスのような瞳は微動だにしないけれど……タウの僅《わず》かにひそめられた眉《まゆ》が、くちびるの端に残された笑みが、痛ましげに歪《ゆが》められていることに。

それはどうやら、あたしのせいらしい。

頭の中で、話を整理《せいり》してみる。

この少年、タウの正体は未来から過去へと遡《さかのぼ》っている天体で、夜のあいだは不完全ながらも人間の姿を現すことができるし、あたしと同じ時間の流れにいられる。そして、地球での七夜をあたしと過ごした。

あたしがタウに会うのは今日がはじめてだけど、タウがあたしに会うのは七夜目。

そして、これが最後の夜……。

正直、あたしは困惑していた。

目の前に立つ少年に、興味はおぼえている。この男の子が語っているのは途方のない物語だけど、事実、タウはこれほど不思議な姿をしている。

あたしの戸惑いを察したのだろう。タウの微笑みは、ふわりと苦さを含む。

「今言われても、困ってしまうだろうね。君と別れる僕が、どんな気持ちでいるかだなんて。でも、今の君じゃなくて、七日目の君にこの言葉が届くと信じて言うよ。もう、そろそろ時間だから」

あたしの目の前で、タウの足が不意に地面から離れた。その姿は、もう半ば透き通っていた。

「海良と出会えて、よかった……」

その言葉が誠実な真心からくるものであることは、今のあたしにもしっかりと伝わってきた。だが、この奇妙な男の子にいくら別れを惜しまれても、ピンとこない。

戸惑っているばかりのあたしを、タウはとても穏《おだ》やかな表情で見守っていた。無感情な瞳に、途方もない虚無を湛《たた》えているように見えてしまうのは——何千光年の星の彼方《かなた》を人が想う時に、永遠の孤独を予感して身震《みぶる》いする、そんな宇宙への畏敬《いけい》を、あたしがタウの瞳に重ねあわせているからなのだろうか。

少年のくちびるが、動く。眩《まぶ》しいほどの天《あま》の川《がわ》を背景に、まるで天上にうちふる鈴の音のように。

「君にもう会えないのならば、僕はこの残された人間の姿さえ、もう失ってしまうのかもしれない。もっと希薄《きはく》な存在になって、天体とも呼べない宇宙の塵《ちり》になるのかもしれない。でも、いいんだ。そうなってもちっともかまわないと思えるほどの七日間を、君は僕にくれたんだから。それは、永劫《えいごう》の時を無感覚な存在のままで流離《さすら》っていくよりも、ずっと幸せなことなんだ。

やがて塵となった僕は、君との思い出をビッグ・バンまで運んでいくよ。もう傍にいられない代わりに、僕は、それを海良に約束する」

「…………」

いくら、あたしが子どもでも。

タウにどんな想いを囁《ささや》かれているのか、ということくらいはわかる。

ママたちと別れた時に、かけがえのない大切な人と離れなければならない瞬間《しゅんかん》の引き裂かれるような痛みを知った。ママたちとは今生《こんじょう》の別れというわけではないけれど、もう一緒に暮らすことはできないだろうから。

でも、初対面である男の子にそんなことを言われても、どうすればいいのかわからない。

家族との別れの時みたいに、寂しさをわかちあうことなんて、到底できっこないじゃないか。

ずいぶんな高さまでふたたび身体を浮かべていったタウは、どう言葉を発していいのかわからなくなっているあたしに、また苦笑した。でも、さっきのそれとは異なった、とても透明な笑みだった。そして、あたしへとさらに言葉を降らせる。星空を巨大なステージとして、詩をそらんじているかのように。

「でもね、君が教えてくれたとおり、こんな風にも思うのさ。僕と六日間を過ごした君は、七夜目に君とはじめて会った時の僕に出会うだろう。そしてその僕もまた、六日後に今夜の君と出会う。そんな風に、僕たちはずっとこの草原で一緒にいられるんだ。有限である宇宙の年齢《ねんれい》よりも長いかもしれない、本物の永遠という時間をね」

宙に浮かぶ半透明の少年には、立ちすくんでいるあたしの存在など、もはや目にも入っていないように見えた。

そして、

「さよなら、海良。僕は――」最後の言葉は聴《き》きとれないまま。

タウは、満天の星空に消えていった。

さわ、さわ、さわ。

夜の草原に、ただ風だけが吹き渡る。

あたしには、身動きすることができなかった。

七日間。たった、七夜。

タウは、この草原で、あたしと一体どんな時を過ごしたのだろう。

それを、あたしが知るのは、これからだ。

七日目のあたしは、あれほどにタウとの別れを惜しむことになるのだろうか。わからない。想像しようとしても、まるで薄っぺらい紙切れをひらひらされているように実感がわかない。

島の夜は、まだ更《ふ》けはじめたばかりだ。

天上の星たちは、ただ光を投げかけ続ける。

ひっそりと、息をひそめて。

地上の出来事のすべてが、宇宙のほんの片隅の些事であることを、悠久の時間の中、生きとし生ける者たちに、今も教えつづけているかのように――

第二夜

夕方近くなって、あたしは目を覚ました。

「むぅ……」

もそもそ、とベッドから起きあがる。昼夜逆転生活になって数ヶ月経《た》つのに、未だに目が覚めると朝だなと思ってしまう。習慣《しゅうかん》って、すごいものだ。

机の上の鏡《かがみ》に顔を映した。寝ぼけ眼《まなこ》のあたしは、とても他人様《ひとさま》には見せられない顔をしていた。日本人にしては赤っぽいショートの髪が寝癖《ねぐせ》になっている。リスみたいに可愛《かわい》い顔だね、と言われたことがあるが、あまり誉《ほ》められた気分はしなかった。どうせ、げっ歯類っぽい顔ですよおだ。

日本に帰ったら、歯の矯正をさせてもらうことをパパと約束している。滝沢さんが、そうしたら海良ちゃんはもっと美人になるわよ、と勧めてくれたのだけど……そうだといいな、ママみたいに綺麗《きれい》になれるといいな。でも、パパがちゃんと約束を覚えていてくれるかに関しては、はなはだ心もとないけどね。

あたし、パジャマからタンクトップとジーンズという軽装に着替える。フローリングの床には、天文雑誌や英語の問題集が広がったまま散乱している。特に気にせずに踏みつけて部屋《へや》を出ると、とんとんと階下へと降りていく。

「おはよう、海良ちゃん」

そろそろあたしが起きる時間だとわかっていたのだろう。一階のキッチンを兼ねたリビングで、食事の用意をしている滝沢さんと田代《たしろ》さんは、あたしの分のご飯もつくってくれていた。二十代後半か三十代前半の女の人たち……大人の人の年齢ってよくわからない。女性に年を尋ねるのは失礼らしいから、訊いてないし。

あたしの住処《すみか》は、この家の二階。

もともとは、あたしとパパが借りている家だったんだけど。

一階で暮らしているこのお姉《ねえ》さんたちは、パパの率いる天文観測チームの中で二人《ふたり》だけの女性スタッフなのだ。ついでに、日本を離れているため中学校に行っていないあたしに、仕事の合間に勉強を教えてくれている——それを条件に、同居しているようなもの。

今あたしたちが住んでいる南国の島には、日本が誇る世界有数の天体望遠鏡《ぼうえんきょう》が設置された天文台がある。

建設場所にここが選ばれたのは、空気が格段に澄《す》んでいるからだけじゃない。太平洋《たいへいよう》のまっただ中に位置するこの島には、実は富士山《ふじさん》よりも高い山がある。天文台は、平野部ではなく、その山の上に建設されている。大気の揺らぎは天体観測の障害となるので、空気の薄い場所の方がおあつらえ向きなのだ。

ただし、いくら南の島とはいえ、標高が高いと当然寒い。気圧が低いのも、雲の上にあるため湿度が低いのも、普段生活するにはいささか厳《きび》しい条件だ。

だから、パパと、今やパパの唯一の家族となったあたしが生活する家は、山の麓《ふもと》に借りているのだけど……結局、自他共に認める天文馬鹿《ばか》なパパは、あんまりこの家には帰ってこない。天文台と、教授やってる大学を行ったりきたりしてる。あたし一人《ひとり》で住むには広すぎる家なので、天文台スタッフのお姉さんたちが階下で同居することになった、というわけ。

こう言っちゃうと、親に向かって天文『馬鹿』とは何事か、と怒られるかもしれない。でも、正直、そう呼ばれても仕方ないと思う。結婚以来、ずっと家族のことを見向きもしてこなかったパパは、ついに去年、ママとお別れすることになってしまったのだから。

日本国内でも屈指の観測天文学者である如月先生は、自分の子どもが何人いるか、ということさえも忘れている。まだ小学生だった頃、天文雑誌のコラムでその一文を読んだ時は、さすがのあたしも仰天した。でも、パパならありうるような気がしてしまうのが、自分でもちょっと嫌だ。ちなみに、正解は三人。兄の北斗《ほくと》、あたしを挟んで、妹のすぴか。

両親の離婚後、お兄《にい》ちゃんとすぴかがママを選んだのはごく当たり前だと思う。でも、あたしがパパを選んだのは、ママよりパパが好きだったからでは、もちろんなくて。

あたしも、パパと同じく、宇宙が好きだから。

ママたちと離れて、この南の島で研究を続ける、家族なんて意に介していないようなパパの許《もと》にやってきてしまった。

宇宙の深淵を思う時、背筋がぞくぞくする。途方のないスケールに気が遠くなる。それでも、こんなにちっぽけな人間であるあたしが、永劫の中に微かな熱《ねつ》を持って存在していることが、途方もなくいとおしくなってしまったりもするのだ。

もちろん、あたしはママたちのことも大好き。にもかかわらず、家族よりも夢を選んで、こんな異国の地まできてしまったあたしは、本当はパパの悪口なんて言えるような立場でもないのかもしれない……。

眠気覚ましにと、濃《こ》いめに淹《い》れた日本茶を口に運びながら、滝沢さんに尋ねる。

「今、休憩中《きゅうけいちゅう》ですか？」

天文台スタッフの仕事は、もちろん夜だけではない。撮影《さつえい》した無数の天文写真の解析といった根気のいる作業も必要だ。この人たち、一体いつ寝ているんだろうと思う。

滝沢さんは、栗色《くりいろ》のロングヘアが素敵《すてき》な女性だ。黒縁《くろぶち》の眼鏡《めがね》がちょっと近寄りがたい印象を持たせているけど、口をひらけば実に気さくなお姉さんである。パパの助手をやっているとは思えないほどお洒落《しゃれ》……と言ったら、学者への偏見だろうか。胸も大きいのが、ちょっと羨《うらや》ましい。

一方、田代さんは口数が少ない。染めていないショートボブで、いつも同じようなセーターを着ている。山の上の天文台ならともかく、ここでは暑いのではないかと気になるけど、汗をかいているところも見たことがない。

正反対のように見える二人だけど、実はけっこう気があっているみたいだ。

「これからまた、上へ登るの」滝沢さんは、疲れなど感じさせない笑顔《えがお》を向けてくれた。上、というのはもちろん天文台のことだ。標高は高いが、車で登っていける場所なので意外と便利なのだ。

「海良ちゃんも、たまには一緒に行かない？　最近、先生に会ってないでしょ」

「まあ、そうですけど」

正直、別にパパに会わなくても寂しくないような気がする。この島に来るまで、あまり会ったことがない父親だったし。……冷たい娘だと思われるかもしれないけど、仕事で滅多《めった》に帰ってこなかったパパが悪い。

「あたしが行っても邪魔《じゃま》だと思うし、しばらくは留守番してます。田代さんに出してもらった宿題も、まだ全然できてないし」

いつものあたしは、草原から帰ってきたあと、明け方に勉強をするのが習慣だ。でも……さすがに、昨日《きのう》はそれどころではなかったもんね。

「そう。海良ちゃんも、来年は受験《じゅけん》だもんね」

滝沢さんは、そう微笑んだ。

あたしは来年、日本に戻って高校入試を受ける予定である。

パパのあとを追いたいわけでは毛頭ないのだけど、天文学者を目指すことは、あたしにとっては生まれつき定められていたような道だった。勉強しなければならないことは、山のようにある。

日本に戻ったあと、ママたちとまた暮らすことにはならないと思う。ママはパパと離婚したあと、あたしたちの住んでいた四国《しこく》の片隅の町から、実家がある東京《とうきょう》に移り住んだ。でも、あたしは星空の見えない都会でなんて生活していけるとは思えない。たぶん、地方の高校を選んで、一人暮らしすることになるだろう。

だけど、

「あたし中学校行ってないんだし、本当に高校に入れるか、分からないですけど」

そんな不安だって、もちろんあった。

「海良ちゃんはずば抜けて成績《せいせき》優秀なんだから、絶対大丈夫ですよ」

もう食事を終えていた田代さんが、洗い物をしながら口を挟んできた。「英語だけは、なかなか進んでいませんけどね」……う。ばっさり言われちゃった。

「そうなの、海良ちゃん。英語《えいご》しゃべれなきゃあ、この島じゃ困るじゃない」

公用語が英語の島なんだし、ごもっともな意見なんだけど、滝沢さんには言われたくない気がする。理系以外の分野はさっぱり苦手という滝沢さんと違って、中学校の学習分野をしっかり教えてくれているのは田代さんの方だから。口数は少ないけど、的を射た説明をしてくれる人だ。

「平気ですよ。言葉が通じなくても、買い物くらいはできますし」

「そういうことを言ってるんじゃないのよ」

滝沢さん、わざわざ食事中のあたしの横にやってきて、人差し指であたしの頭をつつく。

「新しい友達ができないでしょ？　ボーイフレンドだって」

「……むぅ」

別にあたし、恋愛なんて興味ないんだけどなあ。でも、そんなことを口にしたら、いつものことながら滝沢さんに「海良ちゃんだって、女の子なんだから」と散々お説教されてしまう。

「日本に帰る前に、この島で素敵な出会いを探さなくていいの？」

滝沢さんは冗談《じょうだん》めかして笑みを浮かべるが、目が笑ってない気がする。あたし、残りのご飯と卵焼きとお漬物《つけもの》をとっととお茶で喉《のど》に流し込むと、「ごちそうさまっ」と二階に駆けあがることにした。


……ふー。

自室に戻ると、カーテンで夕日を遮ったベッドに再び寝っ転がる。というか、勉強してる時以外はベッドがあたしの定位置なんだけどね。床は散らかしちゃってて、足の踏み場がないもんだから。

「女の子なんだからって、言われてもなあ……」

ちょっと床を見回して目に入るのは、天文雑誌や教科書のほかに、双眼鏡やミニサイズの天体望遠鏡、星図や惑星の運行を調《しら》べる年鑑《ねんかん》、ノートパソコンやカメラ。なんだか、そんなのばっか。可愛い洋服も持ってないし、ぬいぐるみのひとつも置いていない。う〜ん。我ながら、女の子の部屋だとは思えない。

そういえば、苦手な話題だから逃げ出してきちゃったけど。

一応は昨晩、男の子との出会いがあった……と言ってもいいのかな。

姿を目にした時はともかくも。こうして昼間の光の下にいると、なんだか昨日の出来事が現実だったのか、ちょっぴり自信がなくなってきた。

タウって、本当にいたのかな。

夢にしては妙にリアルだった。声音も微笑みも、くっきりと記憶に残っている。タウが消えていったあと、ほとんど呆然《ぼうぜん》としながら家に帰り、なかなか眠れなかったことまで覚えているんだから。

だけど、現実にしても、辻褄《つじつま》があってないかも。

夜の中では不完全ながら人間の姿を現すことができる、そのあいだだけは、あたしと同じ時間の流れにいられる。そう説明されて、あの場では納得しかけたものの、本当に宇宙の中を未来から過去へと遡っているんなら、時間の流れ方そのものも逆さまになってる方が自然じゃないのかな。あとから、そう思いついた。……だとすると、とてもビデオテープを逆回しにするみたいに言葉も動きも反対向きになっちゃって、とても会話なんて成立できないに違いない。

あたしはカーテンを開けた。遠くに、斜めに傾いた日差しに照らされた草原が見える。タウに会ったことが夢か現実かは、今夜またあそこに行けば分かることだ。

タウの話が本当ならば、あたしはこれから、昨日のタウよりも一日前のタウに出会うことになる筈だ。

その時ちょうど、下から車の発進音が聞こえた。滝沢さんの運転する車が、山の方面へと続く公道へと走り出していた。お姉さんたちは天文台へと出勤したらしい。じゃあ、あたしもそろそろ出かけようかな、と背伸びをした。

宇宙が好きだとはいえ、まだ本格的な天体観測に参入できるわけでもないあたしは、この島で暮らすようになってから、夜は一人で星を眺めて過ごすのが習慣になっていた。

満天の星空には、星が四千個あまり見えるのだという。正確に言えば、地球《ちきゅう》からは八千個以上の星を見ることができるけど、そのうち半分は地平線の下に隠れるので、視認できるのは四千個、というわけ。

何時間星を見上げていても、飽きることはなかった。息を詰める思いで、あたしは星空の中にいつまでも心を委《ゆだ》ね続けることができた。人口の少ないこの島の南西部では、女の子が一人で夜中出歩いても危険など考えられないことも有難《ありがた》かった。あたしたちの家から、海へと続く地帯に広がっている草原。そこで寝転び、夜空を眺めていると、無数の星影の中にあたし自身が墜落《ついらく》していくような感覚をたっぷり味わうことができた。天の川だって、日本で見るものとは比べようがなく、銀河《ぎんが》の片隅に地球が存在していることを否応《いやおう》なしに実感させられた。

南半球《みなみはんきゅう》に位置しているため、日本から見えない星座が見えるのも面白《おもしろ》い。南十字星《みなみじゅうじせい》って有名だけど、本物はけっこう小さくて拍子抜けしたっけ。見慣《みな》れた星座にもなにか違和感があると思っていたら、北半球《きたはんきゅう》と南半球では星座が逆さまに見えるのだ。

夜が白み始めると家に帰り、一人で食事を摂《と》る。それから、眠くなるまで勉強をする。もっとも、受験勉強ばかりをしているのではなく、日本から取り寄せた天文学の雑誌や、宇宙関係の文献を読むことも多い。田代さんに指摘された通り、英語の勉強は遅れたままだから、英文の本はとても歯が立たない。

お昼前から夕方までがあたしの睡眠時間。それが、今の日常生活だった。

普通の親だったら、子どもが昼夜逆転していたら心配するのだろうけど、パパに限ってそれはない。あたしがどんな生活をしているかにも、ひとかけらの興味もないに違いない。滝沢さんたちも、うちの家庭の事情をうすうす知っているからか、あたしの生活に対しては何も口を挟まないでいてくれた……少なくとも、表立っては。

一晩中星を眺めていたい、という気持ちに嘘《うそ》はない。でも、日本で中学生をしていたらなかなか許されないだろう、こんな非常識な生活が今のあたしを支えていてくれるのも事実だった。


草原に辿《たど》りついた時には、もう夕日が沈みかけていた。

毎日のようにこの光景を眺めているのに、夕焼けの色はいつも微妙にその姿を変えている。地球の大気は、まるで太陽の光を通した万華鏡《まんげきょう》だ。

このままずっと歩いていけば、海が見えてくる。海岸に出るまでには、ところどころに曲がりくねった潅木《かんぼく》が生《は》えた草原が続いている。

ぶらぶらと歩きながら、闇が完全にあたしの世界を支配するのを待った。草原は灰《はい》色《いろ》へと翳《かげ》りながらも、まだ僅かに夕日のねっとりとしたオレンジ色に縁取られている。

あたしは、軽く緊張《きんちょう》していたかもしれない。きょろきょろ、と辺りを見回しながら、昨日と同じ場所に寝転んでみた。

やがて。陽《ひ》の光を失った空は、また大地の果てから宇宙を連れ出してくる。

そんなに長いあいだ、待つ必要はなかった。

「海良」

囁くような、声が聴こえた。

反射的に夜空に目を向けるが、浮かんでいる少年は見えない。一瞬、ただの空耳かと疑ったのだけれど、

「こっちだよ」再度聴こえた声に、起きあがった。

タウは、近くの潅木の枝に腰掛けていた。

腰掛ける、とは言っても、少年の腰はやっぱり見えない。袖から先だけの手が枝を掴《つか》み、ズボンの裾から靴までの足が宙にぶらぶら揺れている様子《ようす》から、どうやら枝に座っているらしいと分かるだけだ。

「……なに、してるの？」

たじろぎながら声をかけると、

「月を見てたんだ」と、明確な答えが返ってくる。

タウの視線の先を辿ると、確かに上弦の月が太陽の沈んだあとの西の空にひっかかっていた。

「……ずいぶん、大きいんだね」

「なにが？」

あたし、きょとんと訊き返す。新月を過ぎたばかりの、ほっそりとした月なのに。

「もちろん月《つき》のことだよ。ほら、僕の時代には、ずっと小さく見えてたからさ」

……そうか。タウが本当に時間を遡っているのなら、この少年は未来からやってきたことになるわけで。

確かに、月が地球から年々離れているという話は聞いたことがあるような気がする。でも、離れているとはいっても、目に見えて分かるようなレベルではないと思うんだけど。

思わず考え込んでいるあたしに、枝の上のタウは声を降らせる。

「下りようか、海良」

親しげに名前を呼ばれることに、やっぱり違和感があった。

嫌だとか、そういうわけじゃないんだ。この島で生活するようになってから、言葉の通じる同世代の友だちはできなかったのだから、久しぶりに呼び捨てしあえる相手ができたことに、むずむずと嬉しい気持ちもあった。

ただ、昨日会ったばかりのタウに、しかも、こんなに奇妙な姿の男の子に、まるで長年の友人であるかのように振舞《ふるま》われると。

その気持ちを共有できないことに、どうしようもない落差を感じてしまう……。

「いいよ、あたしがそっちに行くよ、タウ」

この草原はもはや、あたしの庭みたいなものだ。木登りもさんざんやったから、すっかり得意になっている。

木の幹をよじ登り、枝に座ろうとしたところで、ふと気がついた。

「タウって、重さ、あるの？」

昨日は宙に浮かんでいたくらいだから、体重なんて存在していないのかもしれない。けど、もしも枝にタウの重みがかかっているなら、あたしが座ったら折れるかも。

「大丈夫だよ。僕の質量は限りなくゼロに近いから」

あたしの心配に気がついたのだろう。タウは、こともなげに答えた。

そうか、タウが人間じゃなくて天体なら、体重じゃなくて質量と言うのが正しいのか。納得と混乱、相反する感情を同時に味わいながら、タウの隣《となり》に腰掛ける。

低い樹《き》の枝だけど、登ってみると、山の麓にちらちらと人家の灯《あか》りが灯っているのが見える。さすがに、逆方向の海まで見通すことはできないけれど。

天文台は寒いけど、平野部は夜もあたたかい。季節は春から夏へと向かい始めたところ。時折吹き抜ける風は、うっとりするほど心地《ここち》よい。

しばらく、口も利かずに並んで座っていた。天体を自称する、どうやらあたしのことをとても大切に思ってくれているらしい男の子と、葉ずれの音や降ってくる星の光に包まれながら。

タウの言った通り、あたしは天文学者を志しているのだ。この男の子の正体が、本当に宇宙を巡っている天体だというのなら、是非とも色んな話を聞きたかった。七日間ここで会えるのなら、願ったり叶《かな》ったりだ。どっちみち、あたしは夜になると、いつもこの草原に星を眺めにくるのが習慣なのだから。

でも、たった七日間。

あたしがこれから彼と過ごすのは――タウが、あたしとここで過ごしたのは、たった七夜なのだ。

十四年しか生きていないあたしはまだともかく、タウは、太陽系を百五十年の周期で廻っている天体だという。彼の寿命を考えたら、あたしとの七日間なんて、ほんのまばたきするあいだの出来事にすぎないではないか。

一体なにがあって、タウはこんなにあたしを親しく思ってくれているのだろう。

そっと少年の横顔に目を向ける。グレーの髪は白髪《しらが》混じりなのか、もともとそんな色なのだか、どうにも判然としなかった。肌は透き通りそうに白い。優《やさ》しげな面立《おもだ》ちだ。顔を見ている限り、現実に存在している人間にしか見えない。その首から下に目を向けなければ。

白い開襟シャツのような襟元。その下には、なにもない。少年の向こう側の景色《けしき》が、そのまま見えている。木の枝も、星空も。

あたしの目線に気がついたのだろう、タウがあたしの顔を見返した。そして、ふっと苦笑をこぼす。

「……しょうがないなあ」

好奇心で見つめていたのが、バレバレだった。

「ご、ごめんね？」

「ううん。僕の身体が気になっているのなら、触ってみてもいいよ」

タウが、あたしの前に手を差し出してくれた。宙に浮いている、シャツの袖。白い手首から指先。思わず、まじまじと観察してしまう。指の関節も、手のひらのしわも、手の甲の骨格も、人間の手そのものだ。きちんと爪《つめ》も生えている。

自分の手を出し、そっとその手のひらに触れる。あたたかくもなく、つめたくもない。ホログラムかもしれないと思うような、存在感のない手だ。

それでも、ちゃんと手触りが存在している。夢を見ているとは、どうしても思えない。

あたしの手のひらを、タウの見えない腕の方へと滑らせてみる。

結論から言えば、透明だけれども腕は存在していた。ただし、シャツの袖のような質感、骨のごつごつした手触り、そういったものとは程遠い。そこにあったのは、人間のかたちをした空気のかたまりだった。

「……不思議」

思わず少年の肩や二の腕がありそうな位置にも手を伸ばす。目には見えないが、確かに指先はそこにあるなにかを感じて行き止まる。

しばらく夢中になって感触を確かめていて、はっと気がついた。好奇心であんまり身体を触るのは、やっぱり失礼かな。

「いや、大丈夫だよ。気にしないで」

常識人であるあたしはちょっと反省したけれど、タウは楽しげだった。

「君が僕を知っているより、僕の方がずっと君を知っているんだから。……今はね」

なんだか、どうにも落ち着かない気分になってくる。

「ねえ、タウ。訊いてもいいかな？」

「なんでも、どうぞ」

……質問したいことが多すぎて、どれから尋ねていいのか分からないけど、とりあえず。

「タウが、本当に未来から来た天体なら……なんで日本語しゃべってるの？」

この島だって英語圏なんだし。いや、そういう問題ですらないけど。

「出会ったばかりだった君が、自分の記憶を読ませてくれたんだ」と、タウが言う。

「僕、テレパシーが使えるから。でもプライバシー情報は一切読まなかったよ。君の使っている言語体系とか、社会常識とか、そういうことをロードさせてもらったんだ」

「テレパシー？」

訊き返してはみたけれど、そんな謎《なぞ》の力を持っているとタウに言われても、もう不思議でもなんでもない気がする。疑問符が飽和状態になっているせいかな。

「つまり、タウは言葉を使わなくてもあたしと話せるってこと？」

「うん、そうだね」

「でもそれなら、別に日本語使えなくてもいいんじゃない？」

「そうはいかないよ。君だって、心を読まれるのは平気じゃないだろう？」

言われてみたら、そうだ。この宇宙からやってきた（らしい）少年がテレパスなのだと聞きながらも、あたしには勝手に心の中をのぞかれる不安が起こらないでいた。だって、雰囲気的にいい人そうなんだもん。

それより、

「でも……あたしの持っている社会常識って、色々と間違ってるかもだよ？」

あたしはちょっとたじろぐ。まだ十四歳の子どもで、世の中をよく知らないし。どこにでもいるような女の子、と言いたいけど、おそらく平均的日本人とは違った人生を送っているし。

「そんなこと、全然かまわないよ」タウはまた笑った。男の子だけど優しげな面立ちだから、つい、可愛いなと思ってしまう。

「僕はこれから地球で暮らすわけじゃなくて、また宇宙へと流れていく存在なんだからね。

ただし、君とこの一週間を過ごすために、君の暮らしている時代について知ることが必要だった。だから、君の方から、僕に記憶を読むように申し出てくれたんだよ」

「申し出るにしたって、最初は言葉が通じなかったんだよね？　……あ、それもテレパシーなの？」

「うん。君が想いを念じたら、言いたいことは大体わかったよ？」

タウはなにげなく、ひょいと立ちあがってみせた。星空を背景とした空中に。

そして、振り向いた。黒いガラス玉のような瞳が、昨日よりずっとあたしの近くに存在している。

「最初に君の記憶を読んだ時、プライベートな思い出は読まないようにしたから、僕たちがどんな七日間を過ごすのかということは知らなかった。でも、あの時の僕がそれを読んでも、理解はできなかっただろうね。君と明日別れることが、こんなに寂しくなるだなんて」

やっぱり、タウは寂しがってくれている。でもあたしは、それを本当に嬉しいと言えるほど、タウのことを知らない。

タウが、あたしに手を伸ばしてきた。手を繋ぐような仕草だったので、あたしは素直に応《こた》える。さっき触れたばかりの、あたたかくもつめたくもない手と、手を握りあう。

「海良」タウが、囁くように言った。「立ってみて」

「え？　ここで？」

タウみたく、空中に立てと言うのか。

質量がゼロに近いというタウならともかく、あたしは落ちるじゃないか。いや、タウだって、重さが存在していないわけじゃないんだ。いくら軽くたって、この少年が宙に浮かんでいるのはどうしてだろう、という疑問がやっと生じる。

「足元を確かめてごらん」

宙にぶらさがっているあたしの足を動かす。と、なにか固いものがつま先に当たった。

見下ろしても、なにも見えない。夜の闇が湛えられた、ぽっかりとした中空。そこに透明な床のようなものが出現していた。まるで、タウの身体みたいな空気のかたまりが。

おそるおそる、足を乗せる。さすがに怖いので、もう片方の手は枝から離さなかった。低木だと言っても、地面までは二メートル近くの高さがある。落っこちたら、いくら丈夫なあたしだって怪我しちゃうよ。

だけど、視認できない空気のかたまりは、あたしの体重を揺るぎなく支えてくれている。

タウも、本当は浮いているわけじゃない。目に見えない地面を、自分の足元につくっているんだ。

「海良、僕を信じて？」

タウの声が、耳元にふんわりと入ってくる。日本にいた時の同級生の男の子たちと変わらない、変声期も終わっていない声音だ。なのに、子どもっぽさは欠片《かけら》もない。

思い切って、枝を掴んでいた手を離す。あたしは、タウと一緒に高さ二メートルの空中に立っていた。どうにも心もとないので、もう片方の手でタウの腕を掴もうとする……が、どこに腕があるのかよくわからないので、手が泳いでしまった。

とんとん、とつま先で空中の地面をつついてみる。なんとなく、仕組みがわかってきた。もしや、これは。

「空気の分子が固まってるの？」

たとえば、空中に棒を放り投げたとする。その棒が落ちてくる可能性は、実は百パーセントではない。微小にもほどがある、それこそ天文学的な確率だが、空気を漂っている分子が偶然その棒の下に集まり、落下を妨げることが理論上ないとは言い切れない……と、物理学の本で読んだことがある。確率が小さすぎて、さすがに実際に見た人なんていないと思うけど、もしそんな偶然を意図的に起こすことができたなら、まるでマジックのように見えるだろう。

「タウが、大気の分子を操《あやつ》ってるんだ」

普通の人間であるあたしが空中に立っていられるのは、気体である筈の空気があたしの体重を支えられるほど濃密《のうみつ》に足元に固まっているからなんだ。

しかし、気体が人間を支えるほどの硬さを持つなんて、どれだけの空気を圧縮《あっしゅく》すればいいのだろうか。そんなことをしたら、この一帯の空気がなくなって、みんな窒息して死んじゃわないかな。

「僕の姿は、ほんの見せかけさ。この三次元世界に投影されるとこんな風に見える、というだけ。僕の本体はあくまで宇宙を巡っている天体なんだ。だから本当の僕は、地球の夜の半球に、今この瞬間も、あまねく存在している」と、タウは言う。「その半球から少しずつ空気を集めてきているから、どこにも支障は起きていない筈だよ」

そんな芸当を、顔色ひとつ変えずにできるものなのか。

「僕という天体は、君たちの知っている原子では構成されてない、高次元の物体だから。君たちの次元の物質なら、素粒子レベルでコントロールできるんだ」

次々に、とんでもないこと言ってくれるんだけど、この人。それが本当なら、タウこそがダークマターの一部ということになってしまう。確かに宇宙には存在はしているのだけど、今の人類の科学では正体を摑めない、未知の物質。

だけど、もしも、あたしの目の前に立っているタウがダークマターでできていたら、あたしの目に見える筈がない。……なんだか、話せば話すほど謎が増えていくんだけど、この人。

頭は混乱しているものの、宙に立っているという体験に圧倒されているあたしは、タウの説明に疑問を挟めなかった。手を繫いだまま、おそるおそる足を動かしてみる。

「歩けるの？」

「大丈夫だよ。絶対、落っことしたりしないから」

「もっと高いところまで行ける？」

「じゃあ、階段をつくろうか」

タウの言葉通り、目に見えない段差があたしの足元に生じていた。ひやひやしながらも、手を引いてもらいながら、一段ずつ、夜気の中をゆっくりと昇っていく。あんまり地面は見下ろさないようにする。

気がつくと、そのあたりの潅木の梢《こずえ》はもう足元に見えてきた。背を伸ばすと、夜に染まった黒い海が望める。いろんな意味で、背筋がぞくぞくする。

「海良は高所恐怖症じゃないだろ？」

「うん、高いところは全然平気。でも、さすがに足元になにも見えないっていうのは怖いなあ」

それでも何とか立っていられるのは、タウの手のおかげだった。

あたしのそれと大きさはあまり変わらない手のひら。頼りなく感じる筈なのに、絶対的に信頼していいような気がしてしまう。なにか、タウがあたしの手を握り慣れている感じがするからかもしれない。

「できるだけ、空気の上を歩くのに慣れておいて？　一昨日《おととい》……だから、君から見て明後日《あさって》に、僕たちはここよりも高いところに行くんだからさ」タウは、そんなことをつけ加える。

そうか。あたし、これから、こうしてタウと手を繋いで、いっぱい空中散歩することになっているのかな。

「高いところって、この島の上空をそんなに昇るの？」

「えへへ、詳しいことは内緒《ないしょ》にしておこうか。君の、これからのお楽しみのためにさ」

タウは愉快そうに答えた。

闇の中、見えない階段を一段一段昇っていくうちに、すっかり視界は星で埋め尽くされた。宇宙の中に、少年と二人、ぽっかりと浮かんでいる。そんな錯覚《さっかく》に脳みそまで浸されてしまう。

「……すごい」

天文学もいいけど、宇宙飛行士になるのも楽しいだろうな。そんなことを思う。

「さて」と、タウは言った。「僕という天体は、明日地球を離れる。僕にとっての明日だけどね。よって、この地上に姿を現せる時間は、今夜はそれほど長くないんだ。そろそろ、僕は消えてしまう」

「えっ」さすがに動揺した。「こんなに高いところにあたしを置いて、消えちゃわないで？」もう五階建てのビルくらいの高さまでは昇っている気がする。いくらなんでも、ここから墜落したら死んじゃうかもしれない。

「もちろん、君を危険にさらしたりはしないさ。安全に降ろしてあげるよ」

一瞬、なにが起こったのかわからなかった。ただ、ぐっとタウの手にひっぱられた。気づくと、タウの顔がすぐ傍にあった。おでこが、タウの頬《ほお》にちょっとだけくっついている。

あたしの身体は上向きに空中に横たわり、タウの手のひらに支えられていた。タウの右手はあたしの背中に、左手はあたしの膝の裏に。要するにあたし、タウにお姫様抱っこしてもらっているんだ。

でも、タウの腕や胸の感触は空気みたいなものだから、ほとんどわからない。体温もないし、抱かれているという気分にはならなかった。本格的に身体が星空の中に浮かんでしまったみたいだ。

気のせいか、あたしの額《ひたい》に触れているタウのほっぺに、少しだけ力が込められている。

「ごめんね？」と、タウの声が間近から囁《ささや》くように降ってきた。「ゆっくり地面に降りていくからね。力抜いて、楽にしてて？」

感情の揺らぎなど存在しない、平坦なタウの声音に、何故か胸の奥が痛んだ。

いくら、こんなあたしだって。もしかして、とは思っていたのだ。

空中の棒が落ちてこない現象よりも、さらにありえないことかもしれないけど。

たった七日間しか共に過ごしていないタウが、あたしと別れるのをこうも惜しむのは、

もしかして、あたしのことを、好きなのだろうか？

そんな問いは、とても言葉にはできない。

喉の奥で、微《かす》かに空気が掠《かす》れるだけ。

だって、タウは。まあ、大宇宙のスケールから考えたら、こういう人も絶対いない

とは言い切れないのかもしれないけど、普通の男の子じゃ、少なくとも、ない。

あたしは、これまで、恋をしたことがなかった。

十四歳で初恋がまだだっていうのは、やっぱり遅すぎるのかもしれない。あんまり気にしてないつもりだったけど、滝沢さんのお説教が苦手なのも、結局はそのせいだ。

でも、あたしがタウを好きになりそうかというと、さすがに首を傾《かし》げてしまう。

胴体が透けていることよりも。タウの存在そのものが夢か現実だか分からない、そのことよりも。

タウの言葉を信じるならば、この七日間を過ぎたら、もうタウと会えなくなることは決定されているのだ。

百五十年の周期で太陽系を廻っているタウが地球を離れたあと、あたしの寿命が尽きないうちにまた会おうと思えば、それこそ宇宙飛行士にでもなって追いかけていかなければならない。

でも、それだけの話でもなかった。

タウが未来からきていて、あたしとはじめて会ったのが五日後だというのなら。

そして、これからのタウが、あたしにとっての過去に遡っていくのなら。

あたしの未来に、そののちタウが現れる筈がない。

それを知っていて、残りたった五日間という短すぎる時間でタウを好きになるだなんて、あまりにナンセンスな話じゃないのかな。

「ついたよ」

不意に少年の声がした。下降にともなう重力の変化は感じなかった。もとより、質量がほとんどないというタウが、自分の力であたしを持ち上げることは不可能だろう。あたしを包む空気に、また細工を施したに違いない。

手のひらから降ろされるがまま、あたしは地に足をつける。やっぱり本物の地面は、気分的に安定感が違う。ほっとしながら、草地に自分の体重を委《ゆだ》ねた。地球の大地、万歳。

背中に置かれたタウの手が、一瞬、あたしを離すことを躊躇《ちゅうちょ》したようだった。あたしはまだこの時、タウの気持ちを半信半疑でいたから、それも気のせいかもしれない、と思った。でも、あとから考えればタウの胸中は想像できた。タウにとって、あたしに触れたのは、これが最後となったのだから。

とにかく、星空の世界から地上へと無事に帰還《きかん》したあたしは、不思議な体験をさせてくれた少年にお礼を言おうと顔をあげる。そして、タウと目があう。

「…………」

物理的な衝撃《しょうげき》を受けたような気がした。

もちろん、気のせいだ。ただ、心臓《しんぞう》がどきりと飛び跳ねただけ。

よくできた人形のような、黒いガラス玉に見える瞳。

それが、ほんの少し細められて、あたしを見つめていた。

つくりものみたいな黒い虹彩《こうさい》があるだけで、瞳孔《どうこう》が存在していない。昨日は気づかなかったが、まばたきをしていないのも違和感を助長している。人間としての存在感を一応備えた少年の頭部の中で、唯一と言っていい、生物であることを著しく欠落させた瞳の色。

それは、闇の色なのだと、いま悟った。

天体望遠鏡のレンズを覗《のぞ》き込む時、月や惑星が決して空に貼《は》りつけられたモニュメントではなく、地球から遠い場所にリアルに存在している別世界なのだという現実を目《ま》の当《あ》たりにすることができる。それは、あたしの胸をどうしようもなく、わくわくさせてしまうロマンだった。

でも、タウの瞳の中にある茫漠《ぼうばく》とした闇の連なりは、そんな宇宙への憧れなど、浅はかな夢として塗りつぶすような――本物の、虚無の色だった。

それを、悲しそう、ということはできない。

宇宙は、ただその膨大《ぼうだい》な空間を存在させているだけ。

それに感傷で色をつけるのは、あたしたちちっぽけな人間の勝手な想像にすぎない。

でも、タウは、本当はもともと人間だったと言っていたじゃないか。

「……タウのこと、もっと教えて？」

考える前に、あたしのくちびるが動いていた。

「どうして、あなたが天体になったのか、教えて？」

「うん」

タウは、小さく頷《うなず》いた。

「今の海良はさ、僕に訊いてみたいことが山ほどあると思うんだ」

すっかり、お見通しだった。

「でも、心配しないで。僕に話せることは、みんな君に話したよ。だから、君はこの先に、その答えをちゃんと僕から聞くことになるよ」

気がつくと、タウの顔を透かして、少しずつ向こう側の風景が見えてくる。

「おやすみ、海良」

今夜のタウは、空に昇ったりはせずに、あたしの前でゆっくりと姿を溶かしていく。

夜気に微かに揺れる、グレーの髪。繊細な面立ちの、天体少年。

「また、明日ね」

反射的に、殆ど見えなくなったタウにそう告げてから、思い出す。あたしにとっての明日は、タウにとっての明日ではないことを。

今、あたしの目の前で消えたタウは、これから昨日のあたしにさよならを言うのだ。

ああ。

前言撤回《ぜんげんてっかい》をしなければならない。

タウが天体少年ならば、あたしは筋金入りの天文少女だ。

ずっと前から、あたしは恋をしていた。

男の子を好きになったことがないのも、恋愛に興味がなかったのも本当だ。だってあたしは、同級生の男の子たちよりも、天上に輝《かがや》く星たちに、途方もない永劫の世界に、胸をかきたてられるような憧れを抱かずにはいられなかった。あたしはずっと、宇宙に恋する少女だったのだ。

その宇宙が、男の子の姿をして目の前に現れたら。

恋をするな、という方が無理な話なのかもしれない。

背骨がひきつるような予感があった。

さながらタウの瞳みたいに、あたしは永遠の闇に墜落していくほかないのだろうか。

だって、あたしがタウに会えるのは。
あと、たった五日間、なのだ……。

第三夜

「滝沢さん。月が地球から離れていってるって本当なんですか」

夕方。お仕事から帰ってきた滝沢さんを玄関先でつかまえると、あたしは開口一番に尋ねてみる。

「あらら。海良ちゃんが知らなかったとは、意外だったわ」

滝沢さん、玄関先でパンプスを脱ぎながらも律儀に答えてくれる。一緒に帰ってきた田代さんの方はさっさとシューズを脱ぎ、「ただいま帰りました」と一言だけ告げて、奥の自室へと入って行ってしまった。そういえばあたし、質問のことしか考えてなくて、「おかえりなさい」の挨拶《あいさつ》もしてなかったな。

常識人であるあたしは反省したのだけど、そのあたしの表情を、どうやら滝沢さんは勘違いしたようだ。栗色の髪を揺らして、大袈裟《おおげさ》に笑ってみせる。

「でも、気にするようなことじゃないわよ。離れていってるとはいっても、一年にほんの三・五センチずつだから。少なくとも、海良ちゃんが生きているあいだに月がなくなるなんてことは絶対ないから、大丈夫」

ということは十年で三十五センチ。百年たっても三・五メートルだ。月と地球の距離は約三十八万キロメートル。どう考えても、目測で大きさが変わって見えるとは思えない。

むぅ、と考え込んだあたしの目の前に、滝沢さんは「ジャン！」とおどけながら、白い封筒をかざしてみせる。

「今、玄関のポスト見たら、届いてたわよ」

「あ！」

赤と青で縁取られた、エアメール。差出人を確かめる必要はない。

受け取ろうとしたあたしは、滝沢さんの笑顔が少し曇《くも》っているのに気づいたけれど……それは見なかったことにした。

ベッドの定位置に腰掛けると、さっそく手紙の封を開ける。まだ新しい便箋《びんせん》のにおいが鼻をついた。

『海良へ』

ペン習字のお手本みたいにさらさらと綴《つづ》られている、見慣れた筆跡。書いている人の姿を映しているかのような、流麗《りゅうれい》な文字だ。

『しばらく、お手紙を書いていませんでしたね。お返事を待っていたのに、なかなか届いてこないのだから。それが、あなたが元気に毎日を過ごしている証拠なら、いいのですが。秋も深まってきましたが、あなたのいる島は南半球ですから、今頃は春なのでしょうか。これでは時候の挨拶はできませんね』

前のお手紙でも同じこと書かれてた気がするなあ。いくら丁寧《ていねい》なお手紙を書けるママだって、赤道《せきどう》の向こう側に季節の挨拶文を届けるのは無理というものだ。

『今頃、海良は英語が自由に話せるようになっていて、島での新しいお友達もできたでしょうか。こちらは、お兄ちゃんもすぴかも元気です。新しい学校で、がんばっています……』

……まだ英語、全然しゃべれないなんて、手紙に書くのは恥ずかしい。だから、なかなか返事書けないでいるんだけど。

それにしても。ママ本人は元気なのだろうか、と心配になってくる。

いつもママは、手紙に自分自身のことはちっとも書いていない。ママらしいと言えば、とてもママらしいのだけど、どんなに大変な時でも黙《だま》って耐えてしまう姿を知っているために、こうしてよそ行きみたいな手紙を受け取るたび、不安が募ってしまうのだ。

　お兄ちゃんやすぴかにママの様子を訊けたらいいんだけど、あたしたち兄妹は、あたしがパパを選んだことで、すっかり気まずい間柄になっていた。二人とも、ママを苦しめたパパのことを、許せなかったから……ついでに言えば、あたしだってパパを全部許せたわけじゃないんだけどさ。

　エアメールはいつも、『お父さんによろしくお伝えください』と締《し》めくくられている。心からそう言えるほど、ママはパパのこと許せているのかな。

　あたしは黙って手紙を折りたたんだ。

　パパにその言葉を伝えたことは、まだ、一度もない。


　引き出しにママの手紙をしまってから、階段を降りる。そろそろ、夕食の時間だ。あたしにとっては朝ごはんみたいなものだけど。

　食事の支度《したく》を手伝《てつだ》うつもりだった。まあ、あたしお料理苦手だから、あんまり手伝いにならないんだけどね。正直なところ、ママの手紙で色々考えてしまったもので、ちょっと気分転換したかったのだ。

だけど、キッチンに入る手前で、あたしは滝沢さんの声に立ち止まる。

「ねえ。ゆきりん。ゆきりん」

ゆきりん、というのは田代さんの愛称だ。そういうイメージとは程遠い田代さんに平気でそんなニックネームをつけるあたりが、滝沢さんだよなあ、というところだけど。

二人の傍に行くのを躊躇したのは、滝沢さんの声がいつもより真剣みを帯びていたからだ。

「海良ちゃん、日本のお友だちから連絡がこないと思わない？」

「……確かに、先生の奥さまからのお手紙以外、見たことはありませんが」

パパはもうママとお別れしたというのに、田代さんはまだ、あたしのママをそう呼んだ。

「まあ、現代っ子だから……手紙なんて書かなくて、メール交換しているお友達もいるのかもしれないけど……でも、海良ちゃんって、そんな雰囲気の子でもないじゃない」

「……なにが言いたいんですか、美穂《みほ》」

「心配なのよ。海良ちゃん、日本の学校には馴染《なじ》めなさそうでしょう。とくに、女の子同士のグループに入れそうにないじゃない。……こうして、外国で学校にも行かないで、一人で過ごしてたら、尚更《なおさら》」

あたし、足音を気づかれないように後ずさりする。

廊下に出ると、そのまま玄関に向かった。もう、食事なんてどっちでもよかった。

滝沢さんが、あたしのことを心配していることはうすうす知っていた。

恋愛話が好きなのは本当だろうけど。男の子との出会いを探さなくていいのと言いながら、それ以上にあたしが普通の友だちをつくれないのではないかって気にしているんだ。

別に、学校に行きたくなかったから、この島にやってきたつもりはない。

ここにいるのは、あたしがママじゃなくて、パパを選んだ結果だ。パパは、あたしが中学校に行っていないことなんて気にしていないし……って、単にあたしの存在そのものを気にしてないからかもしれないけど……。

それはそれとして、あたしのこれまでの友だち付き合いが、この島に来てからなにも残らなかったのも事実だ。

どうしてだろう。小学生の時は、一緒に遊ぶ相手はいっぱいいたんだ。でも、いつの間にか友だちはみんな、恋の話や、おしゃれの話ばっかりするようになってて。洋服や化粧品や女の子向けの雑誌じゃなくて、お小遣《こづか》いをみんな天体望遠鏡のために貯金してたあたしは、その輪に入ることがどうしてもできなくなってた。

空気を読むのが苦手なせいなのかな。みんな、あたしのこと、一人でも平気な子って思うみたいなんだけど。星さえ見てれば、それでいいんだろうってね。

本当は、そうでもないよ。

あたしだって、口に出しては、言わないだけで。

一人ぼっちは……寂しいよ。


外に出ると、なんだか無我夢中に走って、走って。

気がつくと、無意識のうちにいつもの草原に辿りついていた。

たまに食事を抜いて天体観測している時もあるから、滝沢さんたちは、あたしがいなくてもそんなに気にしないだろう。

まだ日は暮れていない。あたしは、ちょっと頭の中を整理してみることにした。

これまで二日間、ついタウのペースに乗せられてしまって、一番疑問に思っていたことをまだ尋ねていなかった。

タウが、時の流れを遡っているというところまで、受け容《うい》れたとしてみよう。会話してる中では、タウが嘘を言っている雰囲気はつかめなかったし……昨日、あの木の梢の上まで昇っていった体験が夢だとも、どうしても思えなかった。

じゃあ、地上のタウは、何故あたしと同じ時間の流れに乗っているのだろう。

よく考えてみたら、タウは天体の時と少年の姿をしている時で、時間が逆さまになってるわけで。それって、なかなか大変じゃないのかな。だって本人の言《げん》を信じるなら、タウは少年の姿でいる時も、同時進行で天体としての意識も保っているんだから。

今日こそ、ちゃんと訊いてみよう。タウのペースに、呑《の》まれる前に。


「……よく考えたら、当たり前の話なんだけどさ……」

そんな疑問をまくし立てたら、タウは何度かまばたきした後に、苦笑して呟《つぶや》いた。

「海良、最初は好奇心でキラキラしていたんだね。そりゃあ、天文学者志望の君にとっては、僕は珍しい天文現象だもんな。無理もないか」

「……タウって天文現象なの？」

「宇宙空間の天体が、大気圏《たいきけん》を通して地上から見えてるわけだから、そういうことになるんじゃないの」

タウは草の地面へと幼い子どもみたいにぺたんと座る。あたしも、その向かい側にしゃがんで、タウと目をあわせた。

地上から見えてるっていうか、思いっきり地上である。天文現象って空を仰いで見るものだと思っていた。ここにいるのは、会話をできて、手を触れることもできるお星さまなのだ。

「タウって、ずっと宇宙空間にいるんだよね。太陽系を巡ってるんだったら、木星とか、海王星とかも見たことある？」

「惑星の軌道を通過しても、近くを横切るとは限らないけどね。たまには、傍で見られることもあるよ」

「へーえ。いいなあ……」

芸術品のような惑星たちの姿が、宇宙の深淵に輪郭《りんかく》を浮かびあがらせているさまを想像してみる。まるで沈黙《ちんもく》のオーケストラのような、荘厳《そうごん》な光景に違いない。あたしは思わず溜息《ためいき》を漏らした。

そんなあたしを見守っていたタウは、今度は困ったように笑った。

「真剣に羨ましがってもらうほど、いいものでもないよ。宇宙空間なんてさ。暗いし、なにもないし」

「そっか。タウは宇宙にいて、一人で寂しい？」

「……慣れてるから、寂しいってことはないけど……いや、この話はやめよう」

タウ、打ち消すように、顔の前で手を振ってみせる。

「今の海良がそう思うのは無理もないんだろうけどね。まあ、最初の僕に会ったらびっくりするかもしれないけど、その時は気にしないで」

「タウ、なんのこと言ってるの？」

あたし、くちびるを尖《とが》らせるのだけど、タウは闇の色をした瞳をあたしに向けて、静かな微笑みを返した。

「なんでもないよ、海良。ただ、僕の言葉を覚えていてほしい」

その笑みが寂しそうに見えたのは、気のせいだったのだろうか。

「……でさ、タウ。ちゃんと質問に答えてよ」

とりあえず、あたしには、目前の疑問の方が気にかかる。

「わかったわかった。でも、僕が時間を逆行している理由はもう説明したから、海良は明日の僕から聞いて。あと、どうして人間としての僕が海良と同じ時間の流れの中にいるかっていう質問には、正確には答えられないんだよね」

あたしは、天体少年のあんまりな返事によろけそうになる。

「いや、だってさ。僕がこうして君と同じ言葉を話しているのは、君の記憶の中にあった言語体系をロードさせてもらった結果だから」

「……つまり？」

「説明するには、今の海良が知っている言葉では語彙《ごい》が足りないんだよ。いや、この時代の科学用語をフル活用させたところで、ちゃんとした説明には辿りつかないかもしれないね。

だって、僕はダークマターの天体なんだよ。僕の存在を科学的に語るには、たとえば余剰次元についても、この時代よりもっと解明が進まないと」

余剰次元ってなんだよう。まあ、科学雑誌とか文献とか色々読んではいるから、見たことがある言葉なんだけど（だからタウもその言葉を使えたんだろうけど）。

こんなレベルじゃあ、確かに、説明されても意味を理解できないかもしれない。あたしは観測やりたいんだけど……もっと理論天文学についても学んでいたら良かったなあ。

「えーと。じゃあ、理由は百歩《ひゃっぽ》譲《ゆず》って置いておくとして……タウが人間でいる時と、天体としての時間が逆転してて平気かどうかって質問は」

「あぁ、言われてみたら本当だね。単に慣れの問題かと思ってた」

きょとんとした顔でそう返してくるタウ。あああ、なんだか頭を抱え込みたくなった。ちっとも納得がいかない……。

それでも、夜毎《よごと》に姿を現して、こうしてあたしと会話しているタウを、夢の中の存在として片付けることなんて、もうできそうになかった。

「タウ、今日はどのくらい時間があるの？　なんだか、タウがあたしと一緒にいる時間、だんだん長くなってる気がするんだけど」

一昨日に比べると、昨日タウが姿を現していた時間の方が長かったし。

「うん。僕の本体である天体と地球との距離が近いほど、僕は、長いあいだこの姿をとどめておくことができる。今回、地球に一番接近したのは、君にとっての明日だからね。明日が、僕がこの地球上に姿を現していられる時間の一番長くなる日だったよ」

さっきから、『明日』という言葉を、あたしにあわせて説明してくれているのは助かるが、タウの言葉は過去形になってしまうので、文脈がなんとも無茶苦茶《むちゃくちゃ》だ。

「だったら、今日も練習しよう」

あたし、すっくと立ちあがると、地面に座り込んだままのタウへと両手を差し出す。

「えっ、練習ってなんの？」タウ、首を傾げた。

「明日、あたしを連れて高い空の上に昇るんだって聞いた。だから、慣れておいた方がいって、昨日のタウが」

「……なるほどね。君は、練習していたんだ」

少年はまた笑った。屈託のない笑顔だった。そしてあたしの両手をしっかりと握って、立ちあがる。あたしたちの目があう。タウの笑みに、いくぶん不敵なものが混じった。

突如、視界が持ちあがる。

「うひゃあ！」

昨日と同様、重力の変化はほとんど感じない。でも、上昇は劇的《げきてき》だった。まるで夜空の星が一瞬、すべて流れ星になってしまったかのようだった。耳元で風がごうっと叫ぶ。

それなのに、タウの声だけは物理法則を無視しているかのように――実際、無視しているんだろうけど――しっかりと耳に入ってくる。

「海良、こわい？」

「ううん、全然。わくわくしてる！」

昨日みたいに、硬い空気のステージに押しあげられたのではない。大気は薄くとも頑丈な膜となり、まるでトランポリンのようにあたしたちの身体を弾《はじ》きとばした。あたしとタウは両手をしっかり握りあったまま、スカイダイビングでもしているみたいに——ただし、地上から上空へのダイビングだけれど——星空へと舞《ま》い上がった。

さながら、夜風と天空のすべての星が、あたしたち二人を祝福してくれているよう。なんていうイリュージョン。タウは、世界一のマジシャンだ。

あっという間に、あたしたちはかなりの上空に浮かんでいた。停止しているのか、まだ昇りつづけているのか、それとも落下しているのか、どうにも判然としない。

気がつくと、あたしとタウが繋ぎあった腕の輪の中に島が見えていた。闇色の海に囲まれて、中央に山をそびえさせた、あたしが今暮らしている島。当たり前ながら、その海岸線が地図で見ていた通りの輪郭だということに感心してしまう。

……って、ちょっと待て。あの山、標高四千メートルを超えていた筈だ。それがあんなに下に見えるだなんて、あたしは今、どれだけの高度に浮いているのか。

でも、寒くはなかった。息苦しさもなかった——空気の量は地上の半分以下になっている筈だけど、きっとタウがあたしたちを包む大気を調節《ちょうせつ》してくれているのだろう。

怖さだって、微塵《みじん》もなかった。昨日よりよほど手荒なことをされているのだけど、ちっとも不安を感じないのは、あたしがタウを信じきることができたからだ。

ここは太平洋のど真ん中である。ほかの島も点々と見えているが、さらに見渡すと、どこまでも黒い水平線が望めた。昼間であれば、ブルーの空と海の境目が地球のかたちをなぞっているのを眺めることだってできただろう。タウが本当に天文現象なら、星の光と同じように日差しの下では存在することができないのだろうから、そんな風景の中にはきっと連れて行ってもらえないんだろうけど。

あたしは、頭上を見上げた。

「もしかして、もっと高くまで飛べる？」

さらにずっと上昇していけば、あたしたちは大気圏を突き抜けてしまう。でも、天体であるタウならば、そんな芸当も朝飯前ではないんだろうか。

「そりゃあ、僕だけならできるけどさ」あたしの視線の移動につられたかのように、タウも星空に目をやる。「大気圏外では、海良を連れて飛ぶことができないよ」

「どうして？　タウはなんでもできるんじゃないの？　宇宙までは空気を持っていけないってこと？」

「そうじゃなくて……宇宙に出ると、僕はこの姿を保っていられないし、時間も海良とは逆向きに戻ってしまうし」

「…………」

理性の隅では、相変わらず色んな謎が渦巻いている。

だが、これからの一生、二度と見ることはできないだろう圧倒的な光景の中にいて、そんなことに気を煩《わずら》わせるのはなんとも勿体《もったい》ないような気もする。

とりあえず、疑問は振り払ってしまうことにしようか。

「ねえ、タウ」あたしは、必要以上の大声で、少年に話しかけた。「あたしは、明日あなたと、どこに行くの？」この島の上空であれば、もうあたしたちは、充分すぎるほど天高く舞い上がってしまったではないか。

「君にはさ」タウは、言った。「行きたい場所があるだろう？」

「あたしの行きたい場所？」

「この半分人間の姿は、ほんの見せかけさ。三次元世界から見ると僕の姿は……」

「あっ、その話だったら、あたしはもうあなたから聞いているから、大丈夫。あなたが昨日のあたしに会った時に、また説明してあげて？」

「そっか。じゃあ、僕がこの惑星の夜の半球にあまねく存在している、ということは知っているんだね」

「うん」

「じゃあ、話が早い」タウは、口調にいたずらっぽさを宿らせる。「つまり僕は、地球の夜の部分になら、どこにでも出現することができるんだ。その気になれば、君を連れてね。君の身体だって、原子で構成されているんだから」

そうだ、タウは、あたしたちの知っている原子——ダークマターでもダークエネルギーでもない、人類の認識できる物質——なら、自由に操ることができるんだ。つまり……。

「……明日のあたしは、あたしの身体を、原子レベルでタウに委ねたの？」

「そんなことはできないって思う？」

「ううん。ちっとも！　あたし、タウのこと信じてる！」

素直に、そんな言葉が口をついた。

こうして話しているあいだも、あたしたちは手を繋ぎあったまま、ゆるやかに回転しながら浮遊している。

「……ありがとう。で、この惑星の夜の場所にどこでも行けるとしたら、君はどこに行きたいと思う？　それが、答えだよ」

「あたしの行きたい場所……」

まず思いついた答えは、星が綺麗に見えるところ。このあたしに、それ以上の望みなんてない筈。

でも、それを言ってしまえば、すでにあたしは最高レベルの場所に連れて来られているじゃないか。ふと気づけば、背景の星の海は狂おしいほど精密だ。一等星の星など、ギラギラと迫ってくるかのように輝いている。それから気がついて、びっくりする。たった今まで、ちっとも星空に興味を向けていなかったことに。

このあたしが星を観《み》ることも忘れるほど、タウと空を飛んでいることに夢中になっていたんだ……。

じゃあ、星空を抜きにして、あたしが行きたい場所ってどこだろう。たとえば、この島を離れて、ほかの国にも行けるのだろうか。夜の場所限定ということは、地球の反対側は無理だろう、と考えれば。

「あ……」

思わず、自然に声が漏れた。一番行きたいというか、帰ってみたい場所があるではないか。もしも、ひとっとびで行けるのであれば、今すぐにも訪れたい場所。

「東京の……ママたちのところに行きたい」

直接、会えなくてもいい。

会ったら、仰天される筈だ。どうやって日本に帰ってきたかなんて、説明できるわけがない。

ただ、ママが。それから、お兄ちゃんやすぴかが。

元気でいるかどうか、ひとめ見ることができたら……。

うん、とタウが頷いた。

「明日、僕は君を連れて東京に行ったんだ。君が、君の家族の様子を見るために。ただ、日本とこの島には時差があるからね。ここが日の暮れる頃、まだ東京は陽が明るい時間帯さ。

僕が日本まで行って帰ってくることができるのは、東京に夜が訪れてから、この島の夜が明ける時刻のあいだだけ。それは、僕という天体がこの地球にもっとも近づいて、長く姿を現していられる明日でなきゃ不可能だったんだ。明日の僕は、一晩中姿を保っていられたから」

タウの説明が、だんだん耳に入らなくなってきた。

ママたちの姿を久しぶりに見ることができるということだって、もちろんとても嬉しかったのだ。

でも、もっと嬉しいのは、この男の子と一緒に遠出できることなんだ。そう気がついて、またびっくりしてしまった。

もしかしてあたし、本当にタウのことが好きになってしまったのかな。この少年が夜な夜なもたらしてくれる不思議な体験に、わくわくしているだけではなくて。

ちょっと想像してみる。夜の東京を、タウと一緒に歩いているあたし……って、歩けるわけないか。タウが普通の人間の姿じゃないことを忘れてた。たとえ奇抜な格好の人が多い都市部だって、この男の子はいささか目立ちすぎるだろう。

あ、そっか。タウの身体が透明だってことがバレさえしなきゃいいんだ。顔とか手は普通の人と同じなんだから。

だとしたら。

いいこと、思いついちゃった。


下降もジェットコースターみたいな勢いだった。タウ、優しげに見えて、結構やってくれる。すっかり目が回ったけど、あたしはへっちゃらだ。

地面に辿りついてから、遠い星空を見上げてみる。不思議な気分だった。恒星と地球の距離に比べたら、地上も上空も距離の違いなんてないに等しいのに、さっきのあたしはずっとあの星たちの近くにいたような気がする。

それから、あたしは、傍に立っていたタウの顔を見上げた。あたしより少しだけ背の高いタウ。

そういえば……サイズが、分からないな。

「ちょっとごめん」

「えっ？」

タウ、小さく声をあげた。もっとびっくりされるかと思ったけど、そうでもなかった。あたしが突然、タウに抱きついたのに。

空気みたいなものだから、別に恥ずかしがることないじゃない。ほとんど感触なんてないんだし。背の高さは分かるけど、体型は見えないから触って確かめるしかないもん。

空気のかたまりである少年の胴体に、あたしは腕をまわす。ウエストを確認するために、ぎゅっと抱きしめる動作をしてみる。……けっこう、痩《や》せてるんだな。

「……ああ。なるほど。海良がなんでこうしたのか、わかった」タウがぼそりと言った。そうだよね、つまんない。明日のあたしがなにをするのか、このタウにはもうすっかり知られてしまってるのだ。

「えへへ。ごめんね」

あたしはタウから手を離した。

その時、少年の色白な頬がいくばくか赤く染められているのに気づく。実は、あたし自身も、頭で考えているほど平静ではなかった。身体の感触が無きに等しいとはいえ、男の子に抱きついたのははじめてだったから。

明日、楽しみにしていてね。本当はそんな台詞で別れたいのだけど、残念ながら、あたしとタウは時の流れの中ですれ違っていくことしかできない。あたしは明日に行く。タウは、あたしの昨日へと向かう。

うっすらと姿を消しはじめたタウにあたしは手を振った。タウも手を振りかえしてくれた。

ねえ、明日、楽しみにしているよ。あなたにとって、昨日は楽しかった？　そうだったといいな、でもそれを今聞いちゃうとつまんないな。

あなたにとっての昨日は、あたしの目で見に行きたいの。

タウの姿が消えてからも、あたしは草原で風に吹かれていた。

ここのところ、晴天続きで本当によかった。天気予報でも、しばらく雨は降らないと言ってたし。

曇っていたら、せっかくタウが地球にいてくれても、会うことができなくなるかもしれない。だって、タウは天文現象なのだ。流星雨や皆既日食といった貴重な天体シヨーが、悪天候で雲の向こうに封じられてしまう……それほど悔しいことがこの世にあるだろうか。

でも、天気予報が外れる心配はなさそうだった。タウが、七つの夜をあたしと過ごすと言ったのだから、あたしたちはちゃんと毎晩会うことができる筈。

そして。明日は、東京だ。

目を閉じて、耳を澄ます。すると、ここからは幾分離れている海の潮騒《しおさい》が聴こえてくることがある。微かな音だから、本当は潮騒じゃなくて、あたしの耳鳴りかもしれないけれど。

あの海を越えて、東京に行くんだ。不思議な天体少年のマジックで。

胸がドキドキしてきて、いつも通り星空を満喫する気分にはなれなかった。今日は、早く帰ろう。タウに会うまでに済まさなきゃいけない用事もできたことだし。

この地球のどんな人も、どんなに偉い天文学者も知らない宇宙の秘密を、あたしが独り占めしているなんて、快感だ。そう、パパだって、とても想像できないに違いない。放置している娘が、宇宙からやってきた男の子と星空でデートしてる、だなんてね。

……噂《うわさ》をすれば影、とはよく言うが、パパのことを思い出したからだろうか。

家につくと、珍しくドアの鍵《かぎ》が開いていた。

人口の少ないこの辺りの住民は、家の玄関を施錠《せじょう》しないことも珍しくないそうだが、常識的な日本人であるあたしはそこまで無防備になれない。滝沢さんや田代さんも同じだ。ドアに鍵を掛けない人物は、この家の住人には一人しかいない。

リビングに入ると、電気も点《つ》けずに箪笥《たんす》の中をごそごそしている男が目に入った。どうせ着替えを取りに帰っただけなんだろうけど、まるで、これじゃ……。

「もしもし、泥棒《どろぼう》さんがいるのかな？」

あたしはそう言葉を投げながら、部屋の電気を灯《とも》す。

久しぶりに会った親に向かって、ちょっと酷《ひど》い物言いかもしれない。でもね、パパは気にしないのだ。そんなこと。

「むぅ、眩《まぶ》しいではないか」

タウのグレーの髪とは違って明らかに白髪混じりのひょろっとした男が、突然の光に目を細めてみせている。見た目では、もう五十代と言ってもおかしくないかもしれない……本当は四十過ぎかもしれないけど、よく知らない。でも、長身である上に鼻が高いから、科学雑誌で外人の学者さんと写真で並んでいても見劣りしない風貌《ふうぼう》だ。

如月大祐《だいすけ》。日本屈指の観測天文学者。そいでもって、あたしのママとその子どもたちをずっとほっぽっていた、天文馬鹿オヤジ。もっと端的に言えば、あたしのパパ。

「こんな夜明け前から、ごそごそしてるパパが悪いもん」まあ、夜通し外出しているあたしの方が、普通なら怒られる立場だとは思うけど。

「仕方ないではないか」パパ、胡散臭《うさんくさ》いほど大仰な身振りで、肩をすくめてみせた。

「本当なら昨日の朝に帰ってくるつもりだったのだがな。実は、メガネの調子が悪いようで、予定が狂いっぱなしだ。撮影《さつえい》した画像が、どうにもぼやけてしまうのだ」

ちなみに、パパの視力は両眼《りょうがん》とも二・〇だそうだ。視力を矯正する必要はどこにもない。この天文馬鹿オヤジは、天文台にある件《くだん》の巨大天体望遠鏡のことを自分のメガネと呼んでいるのだ。国立天文台だってのに、公私混同極まりない。

「機器《きき》に影響《えいきよう》出るって言ったら、太陽風《たいようふう》が激《はげ》しいとかかなあ?」

「それは関係ない。第一、太陽活動が活発な時期でもないだろう。不調の原因そのものが解明できないのだ。理由が分かるまで、もう少し泊り込みを伸ばそうかと思う」

「滝沢さんたちも?」

「無論、助手たちも一緒だ」

じゃあ、しばらくあたしはこの家で、一人留守番かな。別に珍しいことじゃないけど。

「分かった、いってらっしゃい、じゃあおやすみ」

正直、パパのことはどっちでもよくて、明日に備えて早く寝たかった。けっきょく今日はご飯食べないままだったけど、パパがごそごそしてる横で食事をする気になれない。まあ、大丈夫。あたしの部屋には、買いだめしたお菓子が残っている筈だし。

とっとと階段へ向かおうとするあたしに、パパは憮然《ぶぜん》としてみせる。

「冷たいではないか、すぴかよ。父一人、子一人の二人きりの家族だというのに」

「うわあ、親のくせに名前を間違えた。あたし、すぴかじゃないし。それとも、あたしの名前忘れたの？」なんでこんなオヤジが、高名な学者として大勢の人に尊敬されてるんだろう。

「ふむ。フォーマルハウトだったかな」

「なんで、『みなみのうお座《ざ》』だよっ」そんな名前の日本人がいたら、お目にかかってみたい。

そういえば、元々あたしの名前を「ミラ」と名づけたのはパパで、ママが漢字を当ててくれたのだそうだ。でも、妹を「スピカ」と名づけられた時にはお手上げで、結局ひらがなで命名したらしい。

「では、スアロキン？　アルファードだったろうか」

「『いるか座《ざ》』でもっ！　『うみへび座《ざ》』でもないっ‼」……海洋生物の星座のα《アルファ》星を挙げている分、まったく記憶にないわけでもないのか、もしかして。……こうしてみると、あたしはずいぶんマシに名づけられた方だったんだね。

怒り狂っているあたしに、パパは「反抗期であろうか」と小さく呟いて、寂しげに背中を向けた。いや、そういう問題ではないと思うけど。

実際パパには、家族に愛情を注いでいないつもりは毛頭なかったのだ。ほとんど会いに帰ることがなくとも、娘の名前を間違えようとも、パパ的には、家族に冷たくしているつもりはなかったのだ。

ママも分かっていたから、あたしたちにも自分にもそう言い聞かせて、我慢して、我慢して、我慢して、我慢して……そして、ママの心の中で我慢できる容量を、ついに超えてしまった。

そんなママの姿をずっと見てきているから、あたしはパパを全面的に許すことはできない。

でも、一方で、お兄ちゃんたちほどパパに怒る気にはなれないのも事実だった。悪気がないのは知っている。極端に学者肌の人って、誰でも当たり前に持っている心のどこかが欠落しちゃうのかなあ……。

いや、それは全世界の学者の皆さんに失礼だ。単に、パパがものすごっく天然なのかもしれないねっ。

「あ、そうだ」せっかく久しぶりにパパに会ったのだ。「お小遣い、ちょうだい。あたし、もう三ヶ月くらいもらってないんだけど」ここはしっかり請求しておかねば。なにしろ、急な出費も確定されちゃったし。

「おや、そうだったろうか。では、これを持っていってくれたまえ」……我が父ながら、『たまえ』なんて実際に言う人って珍しくないだろうか。そうぼんやり思っていたあたしのところに、箪笥の一番上の引き出しから取り出された銀行通帳が飛んできた。

って、これ、我が家の全財産なんじゃ？

「あの……いくらなんでも、これ持っていけないから、現金でお願いします」思わず、パパ相手に敬語になってしまった。ちらっと残高を見てしまったけど、桁《けた》を数える気にならなかった。しかも、ドルでしょ、その貯金。

……この分だと、あたしが歯の矯正をさせてもらうくらい、大した出費ではないなあ。なんだか脱力した。

そういえば、パパの本って世界中で売れてるんだっけ。それに加えて、パパは浪費なんてちっともしない男だ。この家だって只《ただ》の借家だし、車だってポンコツだし。星を見る以外の『地上の些事』に関心はないんだよね、きっと。そりゃ、お金も貯《た》まるだろう。ちょうどいいや、ママにごっそり慰謝料《いしゃりょう》ふんだくられちゃえ。

結局、ポケットマネーで——それも中学生がもらうような額《がく》じゃなかったんだけど、パパには言わなきゃ分からないから黙っとこっと——お小遣いをもらったあたしは、ジーンズの後ろポケットに厚いお札の束を無造作につっ込みながら、考える。

町に行くのなら、朝よりも夕方のほうがいいかな。まだ、夜明け前だ。お店が開く時間には間があるし。うん、買い物に行くより、先に寝てしまおう。

今度こそ二階へ上がろうとしたら、またパパに呼び止められた。

「ところで、あなたの名前なのだけど」

「……え。もしかして、思い出した？」この際、正解じゃなくてもいいから、日本人になんとかつけられる名前を挙げてほしい……なんて思ってしまったあたしが、ちょっと悲しい。

「私が命名したのであれば、もしかして、カプト・トリアングリではなかっただろうか」

「なんでよりにもよって『さんかく座《ざ》』なんだあああ!!」

そんなマイナーすぎる星の名前を娘につけて嬉しいのか、このオヤジ。

ママがパパのことを見捨てたのは、当然なんだよねっ。

あたしはもうパパの顔も振り返らないで、怒りを胸にずんずんと階段を上がって行った。

第四夜

思った以上に、遅くなってしまった。

「はあ、はあっ……」

あたし、今にも勢いあまって転びそうな勢いで、陽の光を失いつつある無人の道を走る、走る。なにぶん、町まで行って帰ってくるのが久しぶりだったので、徒歩だと時間がかかることをすっかり忘れていた。右手に提げた茶色《ちゃいろ》い紙袋の紐《ひも》が指に食い込む。

夕日に長く伸ばされた木々の影が、大地を染める鈍色《にびいろ》に沈んでいく。地球の空は紺の油絵の具を丁寧に重ねるようにして、昼間の光の帯を塗りつぶしていた。

一刻が惜しい。もう少し、早く起きていればよかったよ。

早く会いたい、天体少年に。

草原についた途端《とたん》、あたしはタウの姿を探すよりも前に、地面にへたり込んでしまった。ひどく咳《せき》こむ。口の中が、からからに渇いていた。

「……そんなに走ってこなくてもよかったのに、海良」

あたしの上から、すでに聞き慣れた少年の声が降ってくる。

安堵《あんど》してもいいところなのに、小さな針のような違和感が胃の辺りにさし込まれた。

……？

「はやく家族の姿を見たいのは、分かるけどさ。東京は日が暮れてないよ。日本に渡るのは、まだ待たないと」

座り込んだあたしの傍に、タウが立っていた。その表情は穏やかだけど、なぜか、あたしが期待しているものと違うような気がしたのだ。

と、タウが冷たいものを差し出してきた。

水の入ったグラスである。

喉がひりひりしていたので、どうしてタウがそんなものを持っているかということを考えもせずに一気飲みした。美味《おい》しい水だった。無理矢理《むりやり》走ってきたあたしの身体を宥《なだ》めるかのように、冷たい液体が全身にしみ込んでくる。

「……ごちそうさま」

そう言ってタウにグラスを返そうとして、あたしは、自分が手の中になにも持っていないことに気づく。

「水って、水素原子と酸素原子が結合したものだよね。集めて、つくってみた」

「え……？　じゃあ、その水を入れていたグラスは？」

「空気を一時的に、コップの形に圧縮したんだ」

タウ、こともなげに言う。……素粒子が操れると、いろんなことができるんだなあ。

あたし、タウに倣《なら》うように立ちあがった。すでに星空が世界を支配している。でも、あたしの関心はそこには向かなかった。

そうだ。なにかが昨夜《ゆうべ》までと違う、と思ったら、タウが笑ってないのだ。

苦笑まじりであることも多いけれど、この男の子はずっと微笑みを絶やさないでいたような気がする。闇の中に浮かぶ今夜の少年の顔は、静かな無表情だった。

どうしたんだろう、タウ。もしかして、元気ないのかなあ。

「まだ時間あるんだったら、ちょっと歩こうか」

あたし、タウに話しかける。ついでににっこりと笑いかける。そうすれば、タウも笑ってくれるんじゃないかと思って。

「一緒に海まで行ってみようよ」

笑顔は返ってこなかった。ただ、タウも小さく頷いてくれたので、少しほっとした。

月明かりがほとんどないせいで、淮木の枝には星が降《ふ》り積《つ》もっているようだった。足元の草を踏みながら、あたし、一人でしゃべってしまう。

「この草原で耳を澄ますのが好きなんだ。潮騒が響《ひび》いてくることもあるし、誰もいない草原に一人でいると、地球の廻っている音も地面の底から聴こえてくるんじゃないかなって気分になってきて」

少年は無口だった。でも、あたしに対して機嫌《きげん》が悪いわけでもなさそうだ。まるで、こうしてあたしと距離を置いているのがごく当たり前だというような自然さである。

距離を置いている……?

ひどく嫌な予感がした。当然気づくべきなんだけど、でも断固として気づきたくないなにかが目の前に横たわっている、そんな予感。

まだ海に着いていないのに、あたしは自分の考えを打ち消そうと、タウの名前を呼び、立ち止まらせる。

「ねえ。あたし、今日、タウにプレゼントがあるんだ」

「……なに」

「あのね、似合うといいんだけど」

地面にしゃがむと、町から手に提げてきた紙袋を開いてみせる。

中からごそごそと、洋服を取り出す。男の子用のチェックのシャツ。ジーンズは正確にはサイズが分からないから、少し大きめのものを買って、ベルトも用意しておいた。お店の人には言葉が通じないし、男の子用の服を物色してたら変な目で見られちゃったけど、それは仕方ない。

そう、あたしの作戦は実に簡単《かんたん》なもの。東京の人込みの中、タウの透明な身体を隠すには、上に普通の服を着てもらえばいいんだよ。

「東京では、ここみたいに人目を気にしないってわけにはいかないからさ。着てみてよ」

棒のように立っているタウに内心では不安を覚えながらも、シャツの入ったビニール袋を破って開ける。中身を差し出すと、タウは一応納得したようにこくんと頷いて、ごそごそと身につけてくれた。

焦げ茶色を基調としたチェックのシャツと、手触りがごわごわとした外国製のジーンズは、色白の少年によく似合った。もともとタウが着ていた（らしい）開襟シャツの襟や袖も、うまく隠れたみたいだし。

透明な身体を洋服で包んだ男の子は、ずいぶん人間らしく見えた。ガラス玉みたいな黒い瞳に違和感はあるものの、東京の街を行き交う人たちはそこまで他人に気を留めないのではないかな。

ただ、タウの被《かぶ》っている円いつばの黒帽子に、このカジュアルな服装はちょっと似合わなかったみたい。

「帽子、脱げないの？」

「無理だよ。この帽子は、人間だった頃の僕の帽子のイメージが具現化したものだから……って、ひっぱらないで……」

そう言われたら、本当に脱げないものかどうか確かめたくなるのが人情、というものじゃないか。

「ごめん、痛かった？」

「……平気。天体には、痛覚がないから」

ふ、とタウがやっと笑ってくれた。あたし、ようやく許されたような気分になる。

帽子をひっぱっていたあたしの手を、チェックの袖から出ているタウの手のひらに重ねた。指先同士が少し戸惑っていたけど、やがてしっかりと絡みあう。

星空の上では普通に手を繋いだけど、こうして地上を歩いている時に手を握ると、ずっとドキドキしてしまう。服を着ているタウが、本当に同年代の男の子に見えてしまうからかもしれない。

だけど、なぜか、タウがあたしの手のひらを握る仕草《しぐさ》がぎこちないような気がする。タウの方が余程、手を繋ぐのに慣れていたような気がしたのに。

気づかれないように、ほんの小さな溜息をつく。

分かっている。今日のタウは、あたしが昨日会ったタウよりも、一日前のタウだ。

はじめて会った日のタウは、困惑してしまうほどあたしを大切に思ってくれていた。

でもそれは、その時のタウが、七つの夜をあたしと一緒に過ごしたタウだったからだ。

ここに立っているタウは、まだそれほどにはあたしと親しくなっているわけじゃない……。

そして、明日あたしが会うタウは、もっと……。

繋いだ手のひらに、そっと力をこめる。

お別れは、思っていたよりも、すぐ目の前にせまってきていた。


やがてあたしたちは潅木の生えた草原地帯を抜けて、夜に黒く染まった海へと辿りつく。潮の香りが鼻腔《びこう》に差し込んできた。草原と砂浜のあいだには沢山の岩がゴロゴロと横たわっていて、普段《ふだん》は通りにくい場所なのだけど、タウが空中に道をつくってくれたので、あたしにも簡単に歩いて越えることができた。

「海岸まで来たの久しぶりだな。タウ、ここに来たことないよね」

「ううん」砂浜を歩きながら、タウが言った。「僕は、ここで海良に出会ったんだ」

「へえ？」あたしは意外だった。ここまで歩いてくることは、滅多にないのに。

「……長い間、宇宙を巡ってきて、今回地球に近づいてきた時、ふと、誰かが僕の存在を感知しているような気がした」寄せては返す波の音を背景に、タウは言った。

「人類に、僕という天体を観測することは不可能なのに」

物質を通り抜けてしまうニュートリノを検出するのは、とても難しい。ダークマターは尚更だ。宇宙空間だけではなく、あたしたちの回りにも存在しているけれど、なにも干渉することがなく物体を通過してしまうから、気づくこともできない。……本には、そう書いてあった。

「……不思議に思って、その誰かがいる場所を探していたら、太平洋の真ん中にやってきた。しばらく観察していたら、この島を見つけた。この時代にしては最先端の技術でつくられているんだろうなって天体望遠鏡がある、この島を」

「もしかしたら、タウは望遠鏡を通じて、あたしのパパに見られていたのかも」あたし、想像して笑ってしまう。「だってパパは、面倒《めんどう》くさいことはなんでも『地上の些事』って言って投げちゃうのに、宇宙への視線だけはやたら粘着質なんだもん。タウを見ることができなくても、野性の勘でなにか感じ取ったんじゃないかな」

「……それで、僕はここに降り立った。せっかく島にきたから、海を見ようと思って砂浜を探した。そうしたら、海良が僕を待っていたんだ。三日後の海良が、僕を」

あたしたちは、砂浜に並んで座った。きめの細かい砂は、ひんやりと冷たい。

「タウは……ここであたしに会って、どう思ったの」

「最初はどう思っていいか、分からなかった」

タウは、率直に答えた。

「僕は、ずっと人の心を失った状態で軌道を廻っていた。永遠に連なっている闇の世界を旅しているうちに、人間らしい感情は枯れ果ててしまっていたんだ」

不意に、胸の奥がぎゅっと縛《しば》りつけられる。昨日のタウは、なんて言っていた？

「……最初、あたしにどう思われているかが伝わってきても、どうしようもできなかった？」

「どうして、知ってるの」

……あたしも同じだったからだよ。

心の内で呟いたけれど、口には出さずに、あたしはそっとタウの肩に頭を乗せた。

タウには、体温なんてない。それでも温《ぬく》もりを感じるのは、きっと、あたしの体温の方が上がってしまったからだろう。

「東京に出発できるのは、何時くらい？」

「あと一時間くらいかな。こうしていても、僕には見えるんだ。地球が廻っていること。だんだん、君の住んでいた日本が、その影の側へと近づいていくこと」

あたしは、想像してみる。時間を逆行しているっていうのはよく分からないのだけど——今、タウの感じている世界のこと。

人として残されたタウの一部はここであたしと語らっているけれど、本当のタウは、あたしには見えない天体の姿で、茫漠と地球の周辺に広がっているのだ。

「タウは、地球を出たら、今度は太陽系の外側を目指すの……？」

「ううん。太陽を回りながら、今度は金星の軌道に近づくんだ」

「金星って、どんなところ？　行ったこと、あるんだよね？」

「分厚い雲に覆《おお》われた世界だよ。雲の成分には濃硫酸が含まれていて、地上の温度は470度ほど……」

あたしは静かに耳を傾けていた。まるで、眠る前に聴く御伽噺《おとぎばなし》のように——だけど。

「……タウ。あたし、そういう知識なら分かってるんだけど」

「そうだろうね。でも、天文学者志望の海良に、まだこの時代では知られていないような事実を話すのは、やっぱりいけないんじゃないかな」

タウは話を打ち切ってしまった。そういえばタウは、言語体系と一緒にあたしの知識も読み取ってしまっているのだ。つまり、宇宙の秘密について、あたしの知らないことは言わないつもりなんだ。

「お話してくれるくらい、いいじゃん。ケチ」

「そもそも、雲に閉ざされているから、僕は金星の地上には降りていけないんだよ」

「なら、最初からそう言ってってば」

あたしは膨《ふく》れる。でも、タウがにこっと笑ってくれたから、なんだかそれだけでもいいような気もした。

「……ところで、日本まで、どんな方法で行きたい？　空を飛んでいくのと、テレポーテーションと、どっちがいいかな」

「テレポーテーションって、どうやってするの？」

「正確に言うと、瞬間移動っていうわけじゃない。一時的に、僕という天体の内部を海良に横切ってもらったら、可能だと思う。いくら僕の中だって、完全に時間を止めることはできないけど、圧縮するくらいはできるから」

圧縮するって、時間が伸《の》び縮《ちぢ》みするってことかな。タウ、どこまでも器用な人だ。

「どれくらいで日本に着くの？」

「……三次元世界の時間に換算すると、今出発したら、日が暮れたあとの東京にちょうど辿りつけそうだな」

「じゃあ、それでお願い！」

「でもそのためにはまず、海良を抱きあげないといけないんだけど……嫌じゃないかな？」

あたしは、つい噴《ふ》き出してしまう。

「タウには、前にも抱っこしてもらってるもん。全然気にしないよ」

「そうか。ややこしいんだね」

「うん。あたしたちって、本当にややこしいんだよ」

あたしは笑い、タウも少しだけ笑ってくれた。

そして、まるで重みなんて感じないかのように、タウはあたしを横抱きにして持ちあげた。

「なにも心配しないの？　どんな体験だか分からないのに」

「あたし、けっこう頑丈だから。別にすっごく痛いとか、すごい気持ち悪いとか、そういうことはないよね？」

「それはないよ。普通の人間にとっては、不思議な感覚を体験してもらうことになるけど」

「そういうの大好き！」

「大好き、か。海良がどんな女の子なのか、だんだん分かってきた。……だから海良は、僕なんかの傍にいるんだね」

タウは苦笑した。その表情は、どこか不思議に懐かしい気がした。

——そして。

テレポーテーションが、はじまった。

あ。崩壊《ほうかい》する。

まず、そう思った。

あたしを構成している細胞——否、原子のひとつひとつが、無数の光の粒となって弾けとぶ。

当然のことながら、目が見えなくなる。音が聴こえなくなる。

だから、そのあとに体験したのは、あくまで曖昧《あいまい》な夢のようなもの。

不意に、目の前にあたしが見えた。

タウに抱きあげられ、ぐったりと眠っているようなあたし。

少し離れたところから、それを見守っていた。どうしてなのか、まったく驚かなかったし、疑問も抱かなかった。

振り向くと、夜空にぎょっとするほど巨大な地球があった。空の半分以上を埋め尽くすのではないかと思われる地球。ガリレオ衛星《えいせい》から木星を見ても、こんなに大きくは見えないんじゃないだろうか。ほかの惑星がこんなに巨大に見える距離にあったら、重力に引っぱられて、星ごと衝突してしまう気がする。

あたしの足元の地面と地球のあいだには、透明な階段が細く引かれていた。と言っても、タウがつくってくれたような空気の段ではなく、目には見えるけれど、ガラスのように透き通った階段である。

こつん、とあたしは階段に足を乗せる。

一段昇るごとに、ありえないスピードで地球が近づいてきた。

しかも、どんどん加速していく。まるで、地球に落下していく隕石《いんせき》にでもなった気分だ。本当にこんな速度で大気圏に突入したら、あたしの身体など瞬《また》く間に燃《も》え尽きてしまう筈だけど。

速くて、速くて、ついには周りになにも見えなくなる。

「まず、点が存在するね。これが零次元《ゼロ》」

あれは、パパの声だ。

どうやら、ここは大学のような場所。教壇《きょうだん》に立っているのはパパ。だだっぴろい教室には、中央の席にあたしが一人座っているだけ。なのにパパは、大勢の生徒が詰めかけているかのように、教室を見回しながら講義をしていた。安っぽいＳＦ映画に登場するマッドサイエンティストみたいな、大袈裟な身振りで。

「概念上の点には、広がりは存在しない。この点に『長さ』という要素が加わると、線となる。これが一次元の世界」

パパが黒板に白いチョークで線を引く。なぜか、パパの講義を生真面目《きまじめ》にノートに書き取っているあたし。

「さらに二次元となると線は平面となり、我々の三次元ではこれに『高さ』が加わって立体となる。ここまではいいね？　では、四次元となると、次にはなにが加わるのだろう？　この立体にはさらにどんな線を書き加えればいいのか？」

あたしの手が止まった。

え？ なんで？ どうして？

「縦《たて》にも横にも高さにも垂直に立つ、もう一本の線を」

どうしてあたし、四次元の立体をどう絵に描いたらいいのか分かるんだろう。

もっとも、黒板にその絵を現すのは無理だ。何故なら、黒板は平面という二次元だから。

四次元の立体を描くには、せめて三次元のキャンバスが必要だ。

あたしは立ちあがり、その教室から空間をずれていく。四次元の仕組みが分かってしまえば、造作もないことだった。もしも二次元に生きている人間がいたら、三次元の人間はさながらテレポーテーションをおこなっているように見えるだろう……彼の住む平面を通り抜ける時、三次元の人間は一瞬にして現れ、一瞬にして消える。それと、理屈は同じだ。

難しいことじゃない。今のあたしなら、クラインの壺《つぼ》の絵だって正確に描いてみせる。

空間をずれると、そこには重たいカーテンがあった。

緞帳《どんちょう》、というのだろうか。芝居の舞台《ぶたい》を覆い隠しているような、赤くて暗い色のカーテン。

めくってみると、そこにも同じカーテンが垂れ下がっている。その向こうも同様だった。隙間《すきま》はごく狭く、暑苦しい上に埃《ほこり》っぽい。

一枚一枚のカーテンの隙間を探し、さらに奥へと進む。その密度はだんだん高くなっている気がする。カーテンは重くなってきて、動かすだけで疲れてきた。

このままだと、あいだに挟まれて窒息して死ぬんじゃないか。そう思った途端、隙間に差し込んだ右手が、不意に自由になって宙に泳いだ。と、

か、あたしは身をよじったが、右半身はもう

に浮かんだのは、「事象の地平

った。

どうにか、意識を保とうとして、あた

られた。そし

に照らし出さ

、今度ははっきり見える。あたしは、タウを追

っ……!」

手にふたたび、カーテンが触れた。

幻とはいえ、あたしに理解できる物質がそこにあることに感謝する。カーテンにしがみつき、その隙間へと潜《もぐ》り込む。

……心臓が激しく鼓動を打っている。

とんでもなかった。

今のあたしは「四次元」を感覚として理解することができる。でも、今通り抜けた場所は、そんなレベルのものではなかった。おそらく、それ以上の高次元の世界に触れた。生身の人間には到底考えられない、凄《すさ》まじいインパクトだった。

例えるなら。三面鏡を覗いたら、地平線を越えるのではないかと思えるほどの空間が広がっていて、そこに膨大な数の映像がみっしりと映し出されている。その映像のひとつひとつが独立した宇宙であり、おまけに、すべての世界を網羅《もうら》できるのではないかというほど、強烈な情報量が一挙に流れ込んできた。……そんな感じ。

実のところ、この説明でも全然充分とは言えない。空間だけの問題じゃなかった。時間にも縦と横と高さがあることまで、一瞬だけ、視《み》えてしまった。

それならば。分かる気がする。

天体であるタウと、人間であるタウが、時の流れが逆さまになっていても平気な理由。

高次元の世界に属するタウの内面では、時間の向きなんて瑣末《さまつ》な問題にすぎない。本当に、タウの言った通り、慣れの問題なのだろう。ちょうど、右手と左手で違うことをやっているようなものなのだ。

よくもまあ、三次元のあたしの精神が破壊されなかったものだが、そういう恐怖を感じる間もなかった。通り抜けるだけで精一杯だった。どうすれば真《ま》っ直《す》ぐ歩けるのかも見当がつかなかったけど、途中でタウが助けてくれたし。

ふたたび、あたしはカーテンをくぐりはじめる。さっきとは逆に、だんだんカーテンの隙間は緩《ゆる》くなってきて、やがて最後の一枚に辿りつく。

向こう側は、真っ暗だった。

なにも視認することはできない、見事に黒く塗りつぶされた空間。スニーカーの裏側が、ステージのような固い地面に当たる感触はあるが、ほかにはどんな情報も得られない。

だけど、ちっとも怖くはなかった。だって、タウの天体の中なのだ。ここは、本来とても理解することのできない異次元の空間を、あたしの知っている現実に無理矢理「翻訳」された結果見えている、奇妙な幻の世界なのだと分かっていた。

手探りさえせずに、あたしは闇の中を進んでいく。

しばらく歩くと、上の方からなにやら雑音が響いてくるのに気がついた。耳を澄ますと、それは街の喧騒《けんそう》だった。人の話し声、車のクラクション、足音の群れ、どこかの店から微かに聴こえてくるメロディ。

ああ、と力が抜けた。涙が出そうなほどだ。あたしの知っている現実が、こんなにも心安らぐものだとは思わなかった。三次元、万歳。時間にしてみたらそれほど長いものではなかっただろうに、百年も別の世界を彷徨《さまよ》っていたような気がした。

どうやってあたしの世界の座標に戻ったらいいのかは、容易《たやす》く理解できた。もうちょっとだけ空間をずれればいい。すぐ頭上にマンホールがあるのが分かった。軽くジャンプするような要領で、あたしは意識を持ちあげる。

次の瞬間、あたしは日暮れた東京の雑踏の中にいた。


すぐ目の前に、タウが立っていた。懐かしい笑みを顔に浮かべている。立ち止まっていると人の流れに押されるので、あたしたちはすぐに並んで街を歩き出す。

「どうだった、海良。テレポーテーションは」

「うん……なんだか、一生分のすごい体験したような気持ちだよ」

「帰りは、どうする？」

「あれは一回で充分だよ。帰る時は、飛んで連れて帰ってよ」まあ、日本から太平洋の真ん中まで生身の身体で飛んでいくというのも、相当変わった体験なんだろうけど。

あたしたちが急に出現したことに、誰も驚かなかったのだろうか。もしかしたら、突然姿を現したように見えなかったのかもしれない。さながら日が暮れたあと、空にいつ星が現れたのか、誰も気づかないように。

数ヶ月ぶりの日本——ネオンに照らし出された、星の見えない空。どうにかぽつんと輝いているのは、宵《よい》の明星《みようじよう》……金星だな。

空気が不味《まず》い、と思った。でもそれは、散らかっている自分の部屋がなんとなく落ち着くような、自堕落《じだらく》な親和性を微かにともなったものだった。

周りにいる人たちがみんな日本語をしゃべれるなんて、妙に新鮮である。

ところで、ここは東京のどの辺りだろう。家族に連れてこられたことは何度もあるけれど、地理には詳しくない。都会で遊びたいと思うようなタイプじゃないもの。

道路標識を探し、新宿《しんじゆく》にいることを知る。あたしのような田舎《いなか》の子が、夜にくるような場所ではないな。

「駅はどっちだろう？」ママたちが住んでいるのは小金井《こがねい》だ。電車に乗れば、それほど遠くではない筈。

「一番近くの駅の場所なら、分かるよ。ついてきて」

「なんでタウが知ってるの？　あたしの知識にもないことなのに」

「そりゃ、僕が周辺の空間をリアルタイムに認識できるからさ」

タウは答える。さっき通過した多次元世界を思い出して、あたしは納得した。あれほどに凄まじい情報量を、タウは平然と自己の内で保持することができる。そんな存在が、あたしの隣にいて、あたしと日本語でおしゃべりして、道案内までしてくれるなんて不思議な気分だ。

タウは確かに、人間としての一面も持っている。でも同時に、人の身を遥《はる》かに超えた存在なのだ。

そんな少年が傍にいてくれるのなら、いくら大都会の夜だってなんら危険はないだろう。もしかして、これから核兵器が東京に降ってきたとしても、タウは簡単にあたしを守ってくれるかもしれない。

ありえないルートで帰国してきたからだろう。足元が変にふわふわして、現実感がなかった。さっきの奇妙な夢の続きをまだ見ているようだ。ここは本当に東京なのだろうか、という疑念もよぎる。

　クラインの壺――メビウスの輪が、平面でありながらも裏と表の区別が存在しない、二次元ではありえない物体であるのと同様、クラインの壺は外側と内側の境目が存在しない四次元の物体だと言われている――みたく、あたしは現実の「外側」と「内側」の区別がつかなくなってしまったのだろうか。そんな心配を浮かべるが、すぐに杞憂《きゆう》だと悟る。

　タウの天体内部を通過した時は理解できた四次元の構造が、もう頭に浮かばなくなっていた。三次元のキャンバスがあればクラインの壺を絵に描ける、などと思ったけど、キャンバスが三次元っていうのがどんな状態なのかもよく分からない。立体で造形したって、三次元は三次元だもんな。

　とにかく、よかった。あたしは元の世界に無事に帰還している。

「タウ、なんか食べない？」

　あたしは、並んで歩くタウに話しかけた。せっかく東京にいるのだ。ちょっとくらい、寄り道したくなるのが人情だろう。今夜はあたしとタウにとって最初で最後の、遠出のデートでもあるんだし。

「え？」タウは不思議そうな顔をした。「いや、海良がごはん食べるのは、当たり前だけどさ。僕は天体だよ。人間みたいに、食事をできるのかな」

「知らないけど、でもあたし、おなか空《す》いてるし」昨日、あたしはちゃんと食事を摂ってないもんね。

でも、それからやっと、ポケットに入った財布の中身を思い出す。

「……あー。ごちそうしたいのはやまやまだけどさ。実はあたし、お金、そんなに持ってないんだ。まだ、電車代も出さないといけないし」

パパにはたんまりお小遣いもらったけど、それは現地の通貨だ。日本から持ってきたあたしのお小遣いも、紙幣《しへい》は町で買いものをする時のため、もう両替に使っちゃってた。だから、小銭しか手元になかったんだよね。貯金箱に入れていたものは全部持ってきたけど、たいした額じゃない。

ちょうどその時、人込みの隙間にファーストフードのチェーン店を見つけた。あたしの財布にはお似合いの場所である。

まだ戸惑っているタウの手をとって、強引にひっぱる。

本当は、さっきからずっと、手を繋げる理由がほしかったんだ。

「お持ち帰りですか？」

「いいえ、ここで食べます」

微笑むバイトのお姉さんに、愛想よく返事をする。

店内は混んでいた。タウは、あたしに手を引かれたまま、珍しそうに周囲を見回している。

久しぶりにきたこのファーストフード店には、あたしが日本で暮らしている頃にはなかった新メニューも登場している。美味しそうだったので、そのバーガーのセットを勝手に二人分注文すると、あたしはタウを連れて、隅っこの狭いテーブルに陣取った。

「なに、この飲み物」

ストローをくわえたタウは、びっくりした顔をする。

「コーラだよ。知らない？　未来の地球には、炭酸飲料なんてないのかなあ」

「……この泡は二酸化炭素みたいだね」

「不味いかな？」

「美味しいとか不味いとか言うより、変な感じだよ。喉に飲み物を通すこと自体、少なくとも数万年ぶりだから」

せっかくなんだから、もっと楽しく食べたらいいのになあ。ハンバーガーだって、ペッパーと変わった味のソースがよく効いているし、オニオンの歯ざわりも最高だ。あたしは、かぶりつくだけですっかり幸せになってしまった。やっぱり、食べ物は日本が一番だよね。

「ねえ、タウは未来で、地球のどの辺りに住んでいたの？　日本人じゃないよね？」

肌の色を見ると、白人ではないかと思う。でも、黒い瞳をしているタウに、欧米人《おうべいじん》というイメージはそぐわない。まあ、西洋《せいよう》にも黒い目の人はいるだろうけど、童顔の顔立ちはアジア系の血を引いていそう。

「よく知らないんだ。地球にいた時は、ほんの子どもだったし」一応ハンバーガーはかじってみたものの（タウの飲み込んだ食べ物が一体どこに行ったのかは謎だ）、さすがに食欲はわかないらしいタウは、テーブルに頬杖《ほおづえ》をついた。「それに、国なんて概念は僕らの時代にはなかったんだよ。どんな国籍《こくせき》の人も、混血してたんじゃないかな」

「タウは、けっこう日本人っぽい性格な気がするな」

「それは分からないけど、僕にこの国の人たちの血が混じってる可能性も高いかもね」

「実はあたしの子孫だったりして」

「……いや、君の血は、僕には流れていないような気がするんだけど」

まあ、確かにあたしたちは、性格似てるとは思わないんだけどね。

「タウの家族ってどんな人だった？」

「父さんのことは知らない。母《かあ》さんは、僕が小さい時に亡くなった」

タウ、あっさりと打ち明けた。

どう答えていいのかわからなくなったあたしに、タウの方が思いやるような微笑を浮かべる。

「でも、親のいない子どもは、特に珍しくはなかったよ。僕が人間だったのは、この時代よりもずっとずっと未来だ。その頃の地球には、もう人類の生き残りはあんまりいなくなっていたからね」

「……どうして？　もしかして、戦争が起こったの？」

「海良の時代から僕のいた時代のあいだには何度か戦争もあったけど、人類を滅ぼす規模のものには発展しなかったみたいだよ。そうじゃなくて、大きな気候変動が起こったんだ」

「気候変動……地球温暖化のせいとか、それとも氷河期が来たとか？」

「原因はね、僕が生まれるより前の時代に、月に巨大な隕石がぶつかったからなんだって」

「？」

「それがきっかけで、月の軌道が狂って、どんどん地球から遠のいたんだって。僕の父親がわりになった人が教えてくれた」

「ふ、ふ〜ん？」

昔、むかし。恐竜が絶滅したのは、地球に小惑星が衝突して環境が劇的に変わったため、という説が有力だそうだ。

小惑星は、火星軌道と木星軌道のあいだに多く存在しているけれど、中には地球の軌道の傍までやってくるものもあるらしい。現に、地球に小惑星が衝突しないようにと、監視《かんし》している人たちの組織《そしき》もあるくらいだから。

だけど、地球じゃなくて、月に小惑星だか、巨大隕石だかがぶつかったとして……どうして、それが地球の気候を狂わせたのだろう。

結局、タウの話はよく分からないのだけど、地球にいた時のタウが小さな子どもだったなら、あまり詳しい理由は彼自身も知らないのかもしれない。

「……ねえ、タウ。あたしが一昨日に会ったタウは、あなたがあたしに話せることは全部話したよって言ってくれた」

「うん。僕も、昨日の君から聞いた」タウ、くすりと笑った。「君は、僕からもう、僕の身の上を聞いたんだって。……ねえ、もしも僕がその言葉に逆らって、ここで僕のことを話すのをやめたら、その矛盾《むじゅん》は一体どうなるんだろうね」

確かに、それはあたし自身も、何度も考えた。

もしも、あたしがタウの言葉と矛盾する行動をとったら、一体なにが起こるんだろうか。例えば、七つの夜をあたしと過ごすと言ったタウの言葉に反して、あたしがあの草原に行くのをやめたら。例えば、東京に行くことを中止にしていたら。例えば……。

もっとも、タウと一緒に過ごすことのできるかけがえのない一週間を、そんな実験で台無しにしてしまうほど、あたしは酔狂ではなかった。それに、もし記憶そのものが変わってしまうのだとしたら、実験結果を確かめようがないしね。

「……タウは、話したくないのかな？」

「ううん。話すよ。君の約束に報いたいから」

約束ってなんだっけ。あたしは首を傾げたけど、タウは気に留めなかった。

「でも、海良だって、僕と逆向きに三日間を過ごしてきたってことは、もう僕と三日は一緒にいるんだよね。既に色々話を聞いてるんじゃないかな」

「ま、まあね」……質問してみても、よく分からないことの方が多いような気がするんだけど。

「でも、タウがどうして天体になったのかは、まだ知らないよ」

「じゃあ、その話をしようか」

　タウは頷いた。

「……さっき言った、僕の父親がわりになった人っていうのは、科学者だったんだ。僕はいつも、博士って呼んでた。

　博士は、ほかの科学者たちと協力して、生き残った人たちを違う星系に逃がそうとしていた。すべての人を宇宙に送るのは無理だったから、一部の人だけでも生き延びられるようにって。気候が狂ってしまった当時の地球よりも、人類の子孫が暮らせそうな惑星を探してさ。長い宇宙の旅に耐えられるように、乗客たちをコールド・スリープさせてね」

　ＳＦに出てくるような、宇宙をワープしたり、亜光速で進んだりするような宇宙航行は実現できなかったのか、流石《さすが》に。

「僕はテレパスだから、その船に乗ることになった。

……というより、僕のテレパシー能力を目覚めさせたのも博士だった。博士の役割は、子どもたちの中からテレパシーを使える素質のある者を見つけて、育てることだったんだ。

でも、小さい頃から訓練させても、実用的に使えるようになれる人間は一握りらしくって。僕は、たまたま適性が高い子どもだった」

「……ねえタウ、ちょっと待って」

不意に気づいたあたしは、タウの話を遮る。

タウがテレパシーを使えることに驚かなかったのは、不思議な天体少年だから、なんでもありみたいに思ってしまったからだ。でも、今の話によると……。

「タウは、天体になってからじゃなくて、地球にいた時からテレパスだったわけなんだよね？　人間って、テレパシーなんか使えるの？」

「あ、そうか。この時代の科学では、実証されていないんだよね」タウ、はじめて気づいたように頷いた。

「僕たちの時代では、人間の脳とか、心についての研究がずっと進んでいたから。普通の人間が生涯使わない脳の分野を活性化させることで……」

いや、天文学以外のことはさっぱりだし、メカニズムとか聞いても分からないけど。

タウが生きていたのは、何万年だか分からない未来なのだ。今はフィクションだって思われているものでも、中には研究されていることもあるんだろう。

「だけど、どうして、その博士はそういうことをしていたの？　子どもたちのテレパシーを目覚めさせるなんて……人類が危機に陥ってる時にやることとかな」

「生き残った人たちは、いろんな国籍や民族の人々の子孫だったから、言語も統一されていなかった。僕は、どんな言語体系でも相手の心から読み取れて、自分の言葉として使えるようにという訓練を受けていた」

そうか。……だからタウは、日本語をすぐにしゃべれるようになったんだ。

「新天地で人類が助けあうためには、通訳できる人間が必要だろう？　だから僕は子どもたちの中から選ばれて、遠い星へと片道航行していく宇宙船に乗せられた。でも、僕を乗せた船は、太陽系を出ようとしたところで事故に遭ったんだ」タウの口調は、どこかひそめられたものになっていた。「エッジワース・カイパーベルトまで行ったところで、小惑星にぶつかった。……宇宙船の推進システムは動かなくなったけど、僕が眠っていたコールド・スリープ装置は壊《こわ》れなくて、稼《か》動《どう》を続けていた」

「じゃあ、タウは……ずっと、そのまま小惑星で眠っていたんだ」

「うん。……おそろしく長い時間をね」少年は、ふっと溜息をつくように言葉を吐き出した。

一瞬奇妙な間があって、あたしはなにか言葉を挟もうとしたけれど、それを打ち消すようにタウが話の続きを語りだす。

「人間の精神って、僕の時代で考えられていたよりも、ずっと柔軟で、可能性を秘めたものだったのさ」

「……どういうこと……」

「人の心が、何千年、何万年という単位で宇宙に存在し続けた例は、コールド・スリープ技術が開発されなければ、ありえなかっただろうね。

ずっと眠っていた僕の心は、長い時間をかけて、より高次元の物質と結びついていったんだ。さながら恒星がガスの集まりから生まれてくるように、僕の精神を核として、見えない粒子が引き寄せられてきたんだよ。……たまたま、それらの粒子の性質が、時間を逆流するものだったんだ」

あたしは、思わず深く頷いていた。

さっきのテレポーテーションの体験の中で、生身の人間には到底認識できない高次元の世界が、目に見えている宇宙に重なって存在していることを、身をもって知った。四次元よりも上の高次元の世界では、時間の流れにもさまざまな方向があることも。

あたしたちに見えないだけで、時間を逆流したり、いくつもの宇宙を横断したりする粒子が存在している。——だとすると、宇宙の究極物質の正体があたしたちには殆ど摑めないのも、ごく当たり前であるような気がする。

それにしても、あたしがこんな話を聞いてしまっていいのだろうか。トップクラスの理論天文学者が、涎《よだれ》を流しそうな情報じゃないのかな。

「タウさ、さっき、あたしの時代の科学では解明されていない事実は話せないって言わなかったっけ」

「言ったよ。でも、今僕が言ったことを君が発表しても、誰もまともに取り合ってくれないんじゃないかな。将来、海良が天文学者になってもさ。女性だということがハンディキャップになるかもしれない、それ以前の問題としてね。だって、論文の元となる証拠をどうやって用意するつもり？」

「………確かにね」

本当に時間を逆流している粒子を発見しない限り、誰にも信じてもらえないだろう。どうやって検出したらいいのか見当もつかないし、加速器でもどうにもなるまい。仮説として発表するとしても、タウの話を根拠にできるわけがない。

長い話を聞いているあいだに、ハンバーガーは冷めてしまっていた。あたし、コーラを少しだけ飲む。氷が溶けていて、味が薄かった。

「ほかの宇宙船の人たちは、無事にあたらしい惑星に行けたのかな」

「もしかしたら、僕と同じように天体になって、宇宙を彷徨っている人も他にいるのかもしれないけどね。太陽系の中では、出会ったことはないよ」

　果たして、地球を脱出した人類の子孫たちは生き延びることができたのか。もはや想像するほかどうしようもない問題だった。ファーストフードの店内は、連れの客同士のおしゃべりで騒《さわ》がしい。まさか、こんなありふれたお店の隅っこで、未来の人類の存亡についての話を聞くことになるとはね。

「ねえ、タウ。もう一つ、尋ねてもいいかな」

「なんでも、どうぞ」

「人間だった頃のタウは、なんて名前だったの……」

　質問を言葉にしてから、あたしはやっと、無意識に勘違いしていたことに気づいた。

　τ－38502aw。

　それを、単純にタウという天体につけられた符号だと思っていた。たとえば、ヘール・ボップ彗星《すいせい》にC／1995　O1という別名がついているのと同じような。

　でも、目の前にいる少年の正体は、人類には見えない天体なのだ。

　タウを発見した天文学者が符号をつけた、なんてことはありえない。

　タウは、あたしの表情の変化を見守った。それから、穏やかに告げた。

「人間に名前をつけるなんて習慣は、僕らの時代にはなかったよ」

「名前が、なかった?」

「僕は、『τ-38502aw』。それは、天体として名づけられた符号というわけじゃない。もともと人間だった時につけられた識別番号だった」

騒がしい店内の雑音が、一瞬遠くなる。

「生まれてきた子どもに固有の名前をつけるような文化は、僕が生まれる前になくなっていたんだ。博士みたいな例外を除けば、大抵、みんなアルファベットや番号で呼びあっていたよ」

「……どうして」

「昔、といっても海良から見たらずっと未来だけど、すべての事故や犯罪を防ぐためにと、コンピューターで社会が統制されていた時代が何世紀か続いたことがあったんだ。その時代、出生した赤ん坊には記号を割り振るのみとなって、命名する習慣が忘れ去られたらしい。僕は過去に遡っていく中でそれを知ったんだ。でも、名前っていいものだよね」タウ、そっと微笑んだ。「産んでくれた人の愛情が伝わるっていうか……僕は、母さんに残してもらったものって、なにもないから」

名前って、愛情がこもっているとは限らないよ。そう口に出しそうになったけれど、さすがに自重しておく。

この不思議な男の子が、ずっと未来の地球で本当に生きていたんだって、今はじめて実感できたような気がしたから。

それは、タウの言葉の端に滲《にじ》んでいた孤独が、とても人間らしいものに思えたからかもしれない……。

「……話を戻すね。僕は、もう二度とコールド・スリープから目覚めることはないと思っていた。でも、宇宙空間の中で、やがてまた意識を取り戻した。その時、僕は自分が寂しさも苦しみも、なにも感じていないことに気がついた。それもその筈で、もう人間の姿もしていなかったんだ。人類には認識できない天体として、僕は太陽系を細長く周回していた」

タウは淡々と説明を続けた。

「そのうち、気がついた。惑星に近づくと、地表に人間だった時の姿を浮かべることができること。でも、人間らしい感情を宇宙で保つことができなくて、人の心を半ば失っていたせいか、生きていた時の身体の残像だって、こんなに不完全にしか投影されないんだけどね。

まあ、誰に姿を見られるわけでもないもの。僕はいろんな惑星や衛星を歩いた。どんなに熱《あつ》い世界も、冷たい世界もへっちゃらだからね。

月から観る地球、君に見せてあげたいよ。地平線から昇ってくる地球は、夢の中の宝石みたいに綺麗なんだから。土星のリングの上も歩いたことがあるよ。ほとんど氷と水の粒子でできているから、本当に立てるわけじゃないけどさ。

昔は、冥王星って星も太陽系の惑星に入っていたんだね。君の記憶をロードして、はじめて知ったよ。正直、僕がその星を見たことがあるかどうかは、よく分からない。エッジワース・カイパーベルトにはそんな小さな惑星、いくらでも運行しているんだもの」

タウの口調がどこか楽しそうなものになってきて、あたしは密かに安堵する。人の心が枯れ果てたと言っていたけれど、タウは確かに宇宙の住人として生きてもいたのだ。

だけど、かつてのタウが、地球に生きていた人間だったのなら。

少年の姿をしたタウが、あたしと同じ時間の流れの中を進んでいるのも、当然の理なのかもしれない。

こうして目の前にいるタウは、天文現象のひとつ。

天上の彼方から届いてきた恒星の光が、大気圏を通して、夜空で瞬いているようなもの。

でも、タウは、あくまでも人間の心を核とした天体なのだ。

だから、こうして人間の姿をしているあいだだけ、タウは人間だった頃と同じ時の流れの中に戻ってしまうんじゃないかな……。

「タウは、宇宙に一人でいても平気なの？」

昨日と同じ質問を、確かめるように尋ねてみる。

「……天体となった身では、長い時の流れに苦痛を感じることもない。たった一人きりの宇宙で、僕の孤独感が深まれば、人間として残された部分も拡散して消えていくほかなかったかもしれない。

でも、感情を失った僕は、幸せとは言えなくても、不幸だとも感じなかったんだ。だから、いつまでもこうして、人間だった部分の残《のこ》り滓《かす》みたいに、中途半端に僕の存在が残っているけれど……」

そこで、タウは一旦《いったん》言葉を切って、あたしの顔を見つめる。

あたしは。刹那《せつな》、耳をふさぎたい衝動にかられた。

タウが、あたしにとってこの上なく嬉しくて、この上なく辛《つら》い言葉を口にするのが……分かってしまったから。

タウは、言った。

「もしかしたら、僕は寂しいという感情を……もう思い出さないわけにはいかなくなるのかもしれないね」

ファーストフード店を出たあと、あたしはタウと言葉を交わすことができなかった。手を繋ぐこともできず、ただ並んで駅へと向かう。

そういえば、家族と一緒じゃなくて、自力で東京を移動するのははじめてだ。鉄道の路線図はややこしくこんがらがっているし、殊《こと》に新宿駅はいろんな路線が束ねられている。人通りは生半可なものではない。雑踏の中で切符を買ったり、目的地に向かう乗り場を探したりするのも一苦労だ。

タウに連れられて空を飛べば、お金を使わなくてもひとっとびでどこへでも行けるのだが、さすがにこの雑踏の中から飛び立つわけにもいかない。それに、あたし自身も、ここから小金井がどっちの方向にあるのかよく分からなかったし。

まるで幼い兄妹であるかのように、あたしたちはじっと寄り添って電車に乗った。ひっそりと、息をこらすようにして。誰もあたしとタウを気に留めてはいなかった。

車窓には、都会のイルミネーションが色とりどりに流れていく。

やがてあたしたちは、ママたちが住む家の最寄りの駅に辿りついた。

電車を降りると、往来は予想外に冷え込んでいる。

そういえば、あたしはさっきまで南半球にいたのだ。季節は春から夏へ向かう頃だった。ここは北半球だから、そろそろ秋も半ばを過ぎる時期。夜が深まれば、寒いに決まっている。あたしが着ているのは半袖のTシャツなのだし。

「タウ、寒い」

そう口に出してみたものの、人間ではないタウには体温もない。あたためてほしいなんて言っても無駄《むだ》じゃないか。そんなことを考えていたら、

「分かった」

タウは短く答えた。次の瞬間、肌寒かった気温が徐々に温もってくる。まるで、あたしの周りだけほんわかと暖房が効いているみたいだ。

「温度って、要は、空気分子がどれだけ活発に運動しているかだよね」

一言だけ解説をつけ加えてくれるタウ。そして、しれっと言ってみせる。

「……僕が海良をあたためてあげるのは無理だから、これで許して」

あれれ。まるで心を読まれていたような台詞だ。

「あ、ごめん」タウが謝った。「気をつけてたつもりだったけど……一度テレパシーを使うと、波長のチャンネルがあうから、念が通じやすくなっちゃうんだ」

「テ、テレパシーなんて、いつ使ったの？」勝手に心を読まれたりなんてされてないと思っていたのに。

「だって、僕が海良の言葉を話せるようになったのも、テレパシーを使ったからだよ？」

そういえば、そうだった。あたしがテレパシー未体験でも、時を逆流しているタウは、すでに数日先のあたしとテレパシーで通じあってるから。

「うっかり心を読んでしまわないよう、注意するよ」

「うん。……お願い」あたしは答えた。

本当は、さっきから悩んでいたのだ。

虚空《こくう》を漂う天体だったタウは、あたしと交流することで、寂しいという気持ちを取り戻しつつある。

だからこそ、再び宇宙に流れていくことが辛くなってしまう？

……あたしの、せいで？

こんな風に悩んでいる胸中もタウに読まれているのだとしたら、どうにも、いたたまれない。別の話題を振ろうとしてみるけど、天体少年の前にはなにもかもつまらない話のような気がしてしまう。

あたしにしては珍しくグダグダ考えているあいだに、ママたちの家にやってきてしまった。

東京都内といえど、住宅地は平凡な家並みが続いている。あたしの住んでいた四国の町にも、こんな界隈《かいわい》ならいくらでもありそうだ。

ママたちは、ママの実家からあまり離れていない場所に一軒家を借りて住んでいた。手紙に書いてあった住所からグーグルの地図で調べていたから、夜道でも簡単に見つけられた。

ブロック塀に囲まれた、古びた平屋。表札に『安西《あんざい》』というママの旧姓、いや、ママたちの今の苗字《みょうじ》が書かれているから間違いはない。

世界的天文学者の元妻と子どもたちが暮らす家だとは、とても思えないな。まあ、今のパパやあたしが生活している家だって、ごく普通の借家だけど。

あたしは腕時計《うでどけい》を眺めた。時刻は、あらかじめ日本時間にあわせている。まだ十時過ぎだ、ママたちは起きているだろう。事実、ブロック塀の向こうに見えるカーテンの隙間からは、やわらかな電灯の光が漏れてきていた。

もしも正面から、玄関のチャイムを鳴らしたら。ママたち、どんな顔をするかな。考えただけで、ドキドキする。

でも、そんなことをするつもりはなかった。数時間のちには、あたしはタウと島に帰るのだ。ママと顔をあわせても、どうやって日本に帰ってきたかなんて説明できないし、もしもパパにバレたら大変（まあ、あの父親のことは気にしなくてもいい気もするけど）。それに、正規のルートで日本に帰ってきたわけじゃないから、これは不法入国ではないのかな。それとも、日本人がこっそり日本に入るのは不法にならないんだろうか？

まあ、いいや。そんなことを考えるのは時間が惜しい。どうする？　と言いたげに、タウがあたしの顔を見ていた。

家の門は、街灯が皓々《こうこう》と照らし出しているので、そこから入るのはなんとなく気が引けた。あたしは、門の横を曲がり、陰になった塀の傍に寄ると、タウを手招きした。

「ここから、中に入れてくれる？」

塀の向こうには、申し訳程度の庭があるようだ。あたしは家族の元気な姿を見たくて、東京に連れてきてもらったんだ。カーテンの隙間から、みんなの様子を見られたら、それでいいや。なんだか、やっていることがストーカーっぽいけど。

お安い御用とばかりに、タウがあたしを抱きあげる。横抱きではなくて、正面から抱きしめるように持ちあげられたので、あたしは反射的にタウの帽子に包まれた頭にしがみついた。

今日はタウ、透けている身体を洋服で隠しているから、昨日と違って本当に男の子と抱きあっているみたいだ。心臓がどきんと脈打った。思わず人通りを確認するが、そこはタウもぬかりはないだろう。

とん、と軽くタウは地面を蹴《け》った。一瞬の浮遊感とともに、視界が持ちあがる。なんということもなく、タウと、タウに抱きあげられたあたしはブロック塀を飛び越えた。さく、とほんの小さな音を立てて、タウの靴が庭の雑草を踏む。

タウの腕の中から降りると、足音を忍ばせて、あたしはカーテンの隙間から中を覗いた。もしも見つかったとしても、タウがいれば、一瞬で逃げ出すことも可能だ。

「…………」

あたしの家だ。――そう思った。

かつてママたちと暮らしていた、四国の家。

その光景が、そのままそこにあった。

テーブルや椅子《いす》、食器棚、テレビ。冷蔵庫や電子レンジ。引っ越してきたにしても、家具や家電製品はそのままだから、雰囲気は変わらない。目の前にある薄緑色《うすみどりいろ》のカーテンだって、見覚えのあるものだ。

テーブルを挟んで座っている人影。綺麗なロングヘアの女性は、ママ。背が高くて髪を短く刈っているのがお兄ちゃんだ。二人ともこちら側に背中を向けているので、表情までは分からない。すぴかは、絨毯《じゅうたん》の上に座ってテレビを観ているようだ。あたしには羨ましい、ママに似たストレートの黒髪。そのてっぺんだけが見えた。

きゅん、と。さっきとは別の意味で、心臓が収縮する。

ここ数ヶ月の、異国での昼夜逆転の生活。その中で、忘れようとしていた。あたしが夢のために諦めて捨ててしまったもの。

どうして、あたしはそこに居ないのだろう。

どうして、あたしだけがそこに居ないのだろう。

もしもママたちと暮らすことを選んでいたら、あたしの他にも兄妹ふたりを抱えた家で、大学まで進学することは大変になってしまっていただろう。もちろん養育費はパパが払ってくれるけれど、きっと、ママの負担を経済的なものだけで補うことはできない。でも、パパならば、あたしが居ようと居まいと気にもならないに違いない。

だから、あたしがパパを選んだことに後悔はない。

お別れは寂しかったけど、もう顔を見ても平気だと思っていた。時間は流れているのだし。

でも、感傷は鮮《あざ》やかだった。かつて引き裂かれた心の痛みが、懐かしく疼《うず》いている。こうして、あたしの居場所じゃなくなったあたしの家を、目《ま》の当《あ》たりにしてしまうと……。

気づくと、タウの手があたしの肩に置かれていた。あたし、甘えるようにタウの肩に自分の頭を寄せる。

「……ごめんね。タウの方が、あたしよりずっと辛いのにね」

「そんなことはないよ」

……囁き声で話しているあいだに、すぴかは眠たくなったのか、部屋から出ていった。おやすみぃ、と年齢以上に幼い舌足らずの声が聴こえてくるような気がする。

部屋に残ったママとお兄ちゃんは、まだ話している。時々ちらりと横顔が見える。お兄ちゃんの顔つきは、あたしの知っているものよりずっと大人びているような気がした。

「なに、話しているのかな」

つぶやいたあたしの声に、微かな嫉妬《しっと》の響きが混じったのを否定するつもりはない。

「聞きたい？」

タウが尋ねてきた。そして、あたしが返事もしないうちに、耳元にママたちの声が響いてくる。

窓の外にいるのに、まるで部屋の中にいるような臨場感《りんじようかん》だ。テレパシーの応用なのか、空中の音の伝わり方に細工をしたのか分からないけど、この時ばかりは、どうでもよかった。

しばらくは、お兄ちゃんの転校先の高校の話が続いていた。あたしの知らない、今のお兄ちゃんのこと。耳を傾けていても、疎外感が募るばかりだ。が、いつしか話題は、すぴかが最近寂しがってばかりいる、という内容に転じていく。新しい小学校で、未《いま》だにクラスに馴染めずにいるらしい。……まあ、あたしの妹だもんね……。

「……海良がいれば、また違うんだろうけどね。家に、年の近い話し相手がいたら」

お兄ちゃんの口からあたしの名前が出て、動悸《どうき》が一層はね上がる。思い出してもらった嬉しさと、話を盗み聞きしている罪悪感が同時に胸をよぎった。

「そうね。でも、海良は」ママは、こう続けた。「間違いなくお父さん似だからね」

……そして、苦さの混じった二人の笑い声。うわ、すさまじく嫌な会話聞いちゃったよ。

一瞬、あたしは日本に家族の様子を見に来たことをものすごく後悔した。

「でも、だから母さんは、海良が父さんのところにいて、よかったと思ってるんじゃない？」

お兄ちゃんが言った。

あたしがパパと暮らすと言った当初、お前は母さんの気持ちが分からないのか、としばらく口を利いてくれなかった男の子とは思えないくらいに、しっかりと落ち着いた声音だった。

「……あの子も、家族の傍にいるより、夢を追いかける子よ」

「でも、父さんみたいに、家族までも『地上の些事』と思ってるわけじゃないだろう」

お兄ちゃんの声に、不服の響きが混じる。やっぱり、パパのことは心からは許せないでいるらしい。

けれど、ママの声音は穏やかだった。

「お父さんは、もとから心が地上世界に生きていない人なのよ。それを分かっていて、お母さんは、お父さんと結婚したのだから」

「……」

「あなたたちには、迷惑をかけてしまったわ。お父さんが許せないと思うのなら、それもいいと思うの。子どもは親を選べないのだから、せめて親に怒る権利くらいはあっても当然じゃないのかしら」

離婚を決めるまで、あたしたちに見つからないようにと、夜中に何度もこっそり泣いていたママがそんなことを言う。

……ママを心配することなんて、なかったんだ。それでよかった筈なのに、どうしてか、本格的に心の支えを失ったような気がする。

同時に、今更ながら実感する。あたしは、知らないんだ。本当のところ、ママとパパのあいだに何があったのか、なんて。

「母さんだって、父さんのこと、気にしなきゃよかったのに」

「気にしないですむのなら、こうなることもなかったと思うわ。もともと滅多に会うこともない家族なのだから、わざわざ絆《きずな》まで断ってしまう必要もなかったでしょうね」

ママの話し声は、聞いたこともないくらいに、さっぱりとしたものだった。「今だってお母さん、お父さんのことを嫌いなわけじゃないのよ。ただ——愛しているからこそ、傍にいられない。そんな愛もあるのではないかしら……」

うわ。日本人の親が子どもに語る内容とは思えない。きっとあたしがこの家にいても聞かせてもらえないだろう、そんな話をママにしてもらっているお兄ちゃんへの嫉妬をさらに募らせながら、あたしは窓を離れた。なんだか脱力して、普通に門から出て行ってしまう。

胸の中が、岩石を押し込められたように、重い。

「海良」

タウが追いかけてきてくれた。そのことに、内心ではほっとする。

「…………」

しかし安心感を素直に顔に出す気にはなれないまま、あたし、ぼんやりと背後のタウを振り返った。タウは、困ったような顔をしている。

「ごめんね、海良。やっぱり、聞かない方がよかった？」

天体のくせに、おろおろしているタウを見ていると、なんだか逆に落ち着いてきた。ふふ。なにをやっているんだろうね、あたし。

気持ち、切り換えなきゃ。

「……タウ、飛ぼう」

あたしは思いっきり、両手を広げてみせる。

「え？」

「ママもパパもお兄ちゃんも、どうでもよ～し。だって、今日はあたしたちの貴重なデートの夜なんだよ。うじうじするのは、時間がもったいないっ。嫌なことはみんな忘れちゃおう、それには、タウと空を飛ぶのが一番っ」

半ば開き直って言った。そして、はじめてタウの前で『デート』という単語を口にしたことに気づく。ちょっと、頬が熱くなる。

タウはぽかんと立っていたけど、間をおいてぷっと噴き出す。

「さっきも思ったけど、飛ぶのは怖くないの？」

「嫌なこと忘れたいから、ジェットコースターな感じでお願い！」

「わかった、わかった。了解だよ、海良」

タウが、手を広げた。あたし、その身体に思いきり抱きつく。そのまま、タウの腕にすっぽりと包まれる。

しばらくのあいだ、黙ってそのまま抱きあっていた。まるで、辛い世界をみんな、お互いから締め出してしまおうとするように。

……と。

〈はじめてだったんだ〉

そんなタウの言葉が聴こえて、あたしは身じろぎする。

だけど、タウはあたしを固く抱きしめたまま、微動だにしていない。

それに、今のタウの声は耳から入ってきたのではなく、直接あたしの頭蓋《ずがい》の内側で響いたみたいだった。

……もしかして。これが、テレパシー？

〈誰かに、抱きしめられたのは……母さんの記憶、以外では〉

──瞬間、垣間見《かいまみ》えた。

どこまでも続く、赤茶けた荒野。

地平線まで見渡せるせいなのか、荘厳な夕暮れも、それを押し包もうとしている満天の星空も、あたしの見知ったものよりずっと遠くまで広がっているようだ。

草木一本見当たらない荒涼とした風景は、地球のものとは思えなかった。どちらかというと、火星の大地にイメージが近い。

その中で、ぽつんと立っている小さなタウ。

おかしい、とは思った。先ほど聞いた話では、小さかった頃のタウは地球に暮らしていたのだ。これは本当にタウの記憶なんだろうか。

でも、あたしには信じることができた。

本当にあった風景か、分からない。タウにとって、どんな出来事だったのかも伝わってこなかったけど。

──きっとこれは、タウが人間だった時の思い出を象徴する場面なんだって。

「……行くよ」と、今度はすぐ耳元で、本物のタウの声が聴こえた。あたし、タウの肩に顔をうずめたまま、小さく頷く。

たん、とタウが地面を蹴った。ごうっと風が吹き荒れた。辺りの樹木《じゅもく》がみんな、ひどくざわめいた。……ママたちにも、聞こえたよね。

　空へと飛び立った筈なのに、落下しているとしか思えないスピードだ。落ちる、落ちる、夜空に落ちる、ジグザグに落ちる。もう、どちらが上だか下だかあたしにはわからなくなる。

　でも、怖くない。タウの腕があたしを抱いている限り、ううん、タウという天体がこの地球の夜を包んでいる限り、あたしは絶対的に安全なのだ。

　ジェットコースター並みに、という注文をタウは誠実に聞いてくれた。緩急《かんきゆう》をとりまぜながらも、急降下と急上昇を繰り返す。時折、とんでもない方向に地上の夜景がちらりと見えた。あたし、息が止まりそうになりながらも、ずっと笑っていた。

　加速が緩んだところで、ようやく地上を見下ろす。すでに、けっこうな高さまで登っている。

　この東京で、素晴らしい星空など、もちろん望んではいなかった。

　でも代わりに、地上に光の海が広がっていた。

「……わぁ」

　思わず、息を呑む。

　ずっと足元に、東京《とうきよう》タワーが赤く輝きながらそびえている。その裾に広がる夜景。

光の渦、光の奔流《ほんりゅう》。惑星の地表にありったけの灯りをかき集めたような景色。それは、数多《あまた》の人間たちがこの都会で今も生を営み続けている証《あかし》だ。でも、

「……綺麗だけど、少し、悲しい……」

ほんの僅かの滑稽《こっけい》さを含んだ悲しみがここにある。

輝きは、満天の星空に劣ってはいない。

だけど、人がつくり出した光の海には、偽りという言葉しか似合わなかった。

「歩きたいから、ここに道をつくってくれる？」

あたし、タウに頼んでみた。

「道？　ああ、それも空気でつくればいいか」

タウ、あたしのリクエストに応えてくれる。あたしは、タウの腕を振りほどくと、その透明な地面を歩いてみる。眼下の夜景を、目に焼き付けたくて。

「海良、本当に高いところ平気なんだね」物怖《ものお》じもせずにひとりで空中に立っているあたしに、タウが軽く驚いている。

「だってあたし、タウのこと、信じているもん」

あたしは答えた。実は、一昨日にも昨日にも、高い空に登る練習をしていたんだもんね。でもそのことを、あたしの目の前にいるタウは知らない。ちょっとばかり、愉

快な気分だ。

「……ありがとう」

あたしの言葉のせいか、タウが少しだけ頬を染めている。

「タウ、天体のくせに赤くなってる」……昨日は口に出さなかった台詞を言ってみたのは、その分だけ、あたしがタウに対して気安くなっているのだろう。

「指摘しないでくれよ。恥ずかしいじゃないか」

タウ、誤魔化《ごまか》すように咳《せき》をしてみせた。あたしは、そのタウに近づいて、顔を見上げた。

「……恥ずかしがること、ないよ。あたしだって、タウにずっとドキドキしてるんだから」

正直に告げる。さんざん一緒に空を飛んだそのあとで、なにを躊躇《ためら》うことがあるだろう。

「……本当？　こんな僕に？」

「うん。あたし、タウのこと大好き！」

口に出してしまうと、ものすごくすっきりした。モヤモヤするよりも、ずっとこの方がいい。

「でも、僕は人間じゃないのに」

「そんなの全然関係ないよ。ていうか、タウが天体だってところも含めて、好き」

言い切ったあたしに、「……変わった子だね」とタウが苦笑する。

「そういえば、くじら座《ざ》のミラって『不思議』という意味なんだよね。まさに、君にぴったりの名前だよ」

「ミラは周期的に明るさを変える変光星だから、そんな名前がついたんだよ。あたしとは関係ないもん。どうせ、パパが適当につけた名前だし」

あたし、ちょっと膨れてみせる。なにぶん、さんかく座のα星と名前を間違えられたくらいなのだ。大した意味などなく命名されたに違いない。

「そうかな。名前って大切なものじゃないの？」

「タウは、あたしのパパのこと知らないから、そう思うんだよ」

「でも、海良って、とてもいい名前だよ」

「タウの名前だって、あたし、好きだな」

「僕の名前は、ただの識別番号じゃないか。なんの意味もありやしない」

「でも、寂しげな雰囲気が、あなたに似合ってるから」

『τ－38502aw』……その番号を呟くだけで、宇宙の深淵を一人旅する少年の姿が見えるようで。

あたしは、タウの瞳を見つめた。黒いガラス玉のような、無機質な虹彩。再び宇宙へと流離っていくタウに、人間としての熱を残すことは、望みとなりうるだろうか、罪でしかないのか。あたしには、分からない。だけど。

タウも、あたしを見つめてくれていた。百億光年よりも広大な宇宙の中で、あたしたちはこうして出会ったのだ。たとえ傷つくことになろうが、今この瞬間にお互いから目を逸《そ》らして、一体なにが残るというのだろう。

「タウは？　あたしのこと、好き？」

「……もしかして、海良はもうその答えを知っているんじゃないのかな」

「タウの口から聞きたいの」

正直、この少年は、問い詰めても恥ずかしがって答えてくれないんじゃないのかな、と期待していなかったのだけど。

タウは、あたしから目を逸らさなかった。思いのほか、はっきりと返事をしてくれる。

「僕は、天体だ。この人間っぽい身体だって、本当の姿じゃない。海良と同じ惑星の上に暮らすことも、未来を共有することさえも不可能だ。君の傍にいることはできない。だけど――」

　その声が、真摯《しんし》な熱を帯びてくる。男の子のそんな声音なんて、もちろん、向けられたことがない。先に告白したあたしの方が、だんだん赤くなってきてしまう。

「……天体になってから、いや、地球に人として生きていた時さえ、こんな気持ちは知らなかった。君といると楽しいよ、海良。僕がこんなにも早く人間としての気持ちを取り戻したのは、一緒にいるのが君だったからだと確信できる」

　ふっと、ガラスの瞳が緩むのが見えたような気がした。その先にある言葉を予感して、あたしは身体が震えている。すでに、涙が滲んでしまっている。

「もしも僕が人間だったならば、ずっと君の傍にいたかった」

　言葉は要《い》らない。テレパシーさえも、必要ない。

「……僕も、海良が好きだ」

　異次元の星が、静かにあたしの許へと降ってくる。

　宇宙のはじまりも終わりも、どんな謎が解明できなくなってもかまわない。もしも、時間をこのまま止めてしまうことができるなら。

　星の見えない夜空と、人工の光が溢《あふ》れる地上のあいだで、あたしたちは、くちびるを重ねていた。

「………？」

それは、錯覚だったのだろうか。

一瞬という時間が、さながら永遠であるかのように詰め込まれたヴィジョン。

あたしは、宇宙の闇に浮かんでいた。

「………！」

その一瞬だけで、理解したくないと心のすべてが拒《こば》んでしまった。

そうだ。あたしは、既に感じてしまっていたではないか。

無機質なガラスの瞳と見つめあって、あたしがタウへの恋に落ちた瞬間に。

茫漠とした闇の連なりは、あたしの宇宙への憧れなど、ただの浅はかな夢として塗りつぶすような……本物の、虚無の色だ。

３６０度、すべてが星空だった。大気が存在しないため、揺らがない星が貼り付けられた黒い天球。

……永劫。

その言葉が、胸の中でナイフのように冷たく反響する。

永劫に、一人で浮かんでいる。

そして、あたしがここにいることを誰も知らない。

消えてしまっても、誰も悲しむことはない。

なんと美しく遠大な、そして果てしなく堅牢《けんろう》な、魂の檻《おり》。

救いはただ、一つだけ——孤独も絶望も、絶対零度に限りなく近く、凍りつかせてしまうこと。


「……海良？」

小声で名前を呼ばれて、あたしははっと我に返る。

今のヴィジョンは、幻だったのか。

気がつくと、背中にびっしょりと汗をかいている。

なにも考えることができなくなったほどに、リアルな体験だった。

「ごめんね。もしかして、嫌だった？　ファーストキスだったのかな」

タウって、よく謝る人だよな。やっぱり先祖には日本人の血が混じっているに違いない。

「嫌なんかじゃないよ。タウとキスできて、今とっても嬉しいんだから」

さっきとは別の意味でこみあげてきた涙を隠すように、あたしはもう一度タウに抱きつく。いとけなく思えるほど細い体躯《たいく》を、力の限り抱きしめる。

ごめんね、と囁きたかった。

昨日のタウの言葉をまた思い出す。気にしないで、と言ってくれたタウ。

できることならば、あたしもタウと一緒に昨日へ遡って、あの時のあたしを殴ってやりたい。タウのことをなんにも知らずに、羨ましがってしまったあたしのことなんて。

タウにとっては無意識だったのだろうが、くちびるが触れた弾みで流れ込んできてしまったのだ。さっきのテレパシーとは、比べ物にならないような情報量が。

長いあいだタウが味わってきた、宇宙での絶望。そして——天体になるまでのタウの人生の断片も。

どうしてか、直視したくなかった。流れ込んできた記憶なんて、あたしの気のせいなのだと、心の奥底へと押し殺したかった。

それでも、これだけは認めないわけにいかない。

タウは、あたしに嘘をついていたのだ。……コールド・スリープで、なんて嘘なのだ。本当にそうだったらどんなによかっただろう。目の前の少年を揺さぶり、泣きたかった。どうして世界は、こんなにも残酷なのかと。

そして。

記憶と同時に、伝わってきていた。天体としてのタウが息づいている、時間の逆行した宇宙のこと。

恒星は爆発《ばくはつ》とともに収束して生まれ、最終的にはガスの海の中に斥力《せきりょく》によって溶け出していく世界。あたしたちの宇宙は百三十七億年前にビッグ・バンにより生まれ、今もどんどん膨張しているけれど——そして、正体不明のダークエネルギーの力によって、さらに膨張が加速しているそうだけど——タウの時間の流れの中では、宇宙は徐々に縮小し、ビッグ・バンによってその幕を閉じる。

「……て」

「なに？」

やっと微かにつぶやいた声に、タウが聞き返す。

「あたしとタウが恋人同士でいられるのは、今夜だけだから……」

昨日のあたしも、明日のタウも、あたしたちが今夜キスをしたことを知らない。

あたしたちは、時の流れをすれ違って、二度と同じ時間を共有することはできない。

でも。だから。せめて。

「あたしたちの思い出を、タウはいつか、ビッグ・バンまで運んでいって……」

幸せとも不幸とも感じなかったのは、心をなくした天体のタウだ。

あんなに恐ろしい永劫の闇の中で、人間としてのタウは、いつまでも正気でいることさえできないだろう。

早く、この男の子が苦しみから解放されてほしい、とも願っている。

でも、やがて天体としても死を迎え、宇宙の塵となったタウは必ず辿りつくだろう。

あたしたちの宇宙のはじまり、タウにとっての宇宙の終わりに。

これは、宇宙に恋をしたあたしの、センチメンタルでわがままな願いなのだ。

「分かった」

タウが囁く。ずっと落ち着いた、穏やかな声音で。

「約束するよ、海良」

あたしは、タウの腕の中で、小さく頷いていた。


日本から島への帰り道は、ほとんど覚えていない。

タウがあたしを抱えて飛んでいたのだけど、ずっとぼんやりしていたからだろう。

いつもの草原に降ろしてもらった時には、すでに東の空が白《しら》みはじめていた。「もう少し着くのが遅れてたら、ちょっとまずかったな」とタウが零《こぼ》したのが聞こえたけど、頷く気力もなかった。

「海良、ごめんね。疲れた？　家まで送ってあげられたらいいけど、もう夜明けだから」

タウがそっとあたしの髪を撫《な》でてくれた。あたし、どうにか微笑みを顔に浮かべようとするけど、正直、自分では笑っているのか泣いているのかよく分からなかった。

「おやすみ、海良」

「また、明日ね」

お別れの言葉も終わるか終わらないかのうちに、あたしの目の前で、はたり、とチェックのシャツが空中に崩れ落ちる。その内の少年の姿を失って。

あたし、地面にちらばった、タウの着ていたシャツとジーンズを拾いあげる。新品のままだ。体温も残っていなければ、匂いもついていない。まるで最初から、誰も袖を通していなかったみたいに。

それでもあたしは、タウの服を胸にかき抱く。ここに確かにタウがいたことを、あたしだけは永遠に記憶に留《とど》めて、心に宿しつづけていられるように。

このまま、朝なんてこなければいい。

あたしは、本気でそう願い続けていた。

このまま、夜なんて明けなければいいのだ。
そうすれば、ずっとこうして、タウを想っていられるのに。
いつまでも、いつまでも、永遠に――

第五夜

……まだ、ちっちゃい頃のこと。

はじめてママが泣いている声を聞いた時は、本当にびっくりしたんだ。

夜中、壁《かべ》の向こうから聞こえてきた泣き声が、お兄ちゃんでも、まだ赤ちゃんだったすぴかのものでもないって……そう認めることが、とても難しかった。

幼かったあたし、大人は泣かないものだって、ずっと信じてたのだ。

でも、ママが泣く理由には心当たりがあった。

（昨日、パパが行っちゃったからだ）

その頃のあたしにとって、パパという存在はずっと仕事でいないのが当たり前で、たまに「おうちにやってくる」お客さんみたいな人だった。幼稚園に通いはじめてから、友だちの家では毎晩パパが帰ってくるのだって知った時はとても不思議な気がした。

そんなお客さんみたいなパパがいなくなって、どうしてママは泣くのだろう。

だって、昨日パパを送り出した時のママは、ちっとも寂しそうな顔をしてなかったのだ。

泣いてしまうほど悲しいのなら、パパの目の前で泣いちゃえばいいのに。だったらパパも仕事に行かないで、ママのためにおうちにいてくれるんじゃないのかな。他のパパだってそうしているんだから、うちのパパにだってできないわけがない。

大人なのに、それが分からないのかな。どうして、ママは……と。

あたしは、幼心に憤《いきどお》ったものだ。


……そんな出来事を、思い出していた。

夕方。あたしにとっては、明け方のような時間帯。

誰もいないキッチンで。

窓からの赤い光に照らされながら。

『ママへ』

机に向かって、久しぶりに便箋を広げてみた。

『ずっと、お返事を書かなくてごめんなさい』

あたしは元気です、とは書けない。

『あたしは、この島であたらしいお友達ができました』

はじめて好きな人ができました、とも書けなかった。そして、もうお別れなのです、とも。

それから長いあいだ、ペンを動かすことができなかった。

ママは、ただ、パパを愛していたんだ。

そして——あたしは、今まで、こんなに単純なことも知らなかった。

愛することは、苦しいことなのだと。

きっと、この手紙はポストには入れられない。そう諦めた瞬間、

『ママは』

不意に、言葉が紡ぎだせた。

ずっと苦しんで、苦しんだのに、一昨日にはお兄ちゃんの前で笑ってたママ。

それがどんなに大変なことだったのか、ちょっとだけ分かった気がする。

でも、ママは、本当に。

『パパを好きで、幸せでしたか？』

あたしは、タウが地球からいなくなったあと——一体、どうなるんだろう。

「明日……あ、もちろん、あなたにとっての明日だけどね。あたしたちは、東京に行くんだよ。タウが、あたしを連れて行ってくれたの」

「……へえ？」

草原の、滝木の枝に腰掛けて。

あたしは、タウと話をしていた。

山の麓には、人家の灯りが灯っていて。風は穏やかに草の葉を鳴らしていて。そんな光景は、この前と同じ。

でも、あたしたちの立場は逆転していた。

今では、タウがあたしを知っているより、あたしの方がずっとタウを知っている。

少年の顔には、軽く戸惑いが浮かんでいた。

当然かもしれない。どうして、この時代の地球の女の子が、こんなにもつきまとってきて、自分のことをとても大切に想っているのか……今のタウには、知る由もないのだから。

「東京……は、きみが住んでいた国なんだよね？」

「うん。日本の首都だよ。あたしが家族の様子を見に行くために、明日のタウが連れて行ってくれたの。日本は、タウのご先祖さまが住んでいた土地でもあるかもね」

「僕、自分にどこの国の人の血が流れているか　知らないけど」

タウは小さく呟いた。

あたしは、そっとタウの姿を盗み見る。

円《まる》い黒帽子のつばからはみ出したグレーの髪、色白な頬、黒いガラス玉のような瞳。透けた身体。袖から先の手首だけの手、裾から先の靴だけの足。

もう見慣れてしまった、不思議なタウの姿。でも、そこに座っているのは、あたしの知っている少年とは別の人みたいだった。

「そうだよね。タウの故郷は、地球のどこなんだろう」

「僕の故郷は　この惑星じゃない」タウは、独りごちるように言った。「人間として、生まれたのは　地球かもしれない。でも、僕は人間じゃなくて、天体だから……エッジワース・カイパーベルトの方が　故郷に近い気がする」

今までになく、遠く突き放されるような語気だった。

——それでも、タウの生まれ故郷は、確かに地球なのだけど。

風景には一つだけ、この前と異なっているところがあった。

満天の星空に、雲がかかっていること。

上空では、ずいぶん速い風が流れているらしい。星空を一部分だけ黒く塗りつぶしたような雲は、ひゅうひゅうという音が聴こえるかのように空を渡っていく。

「君は、訊かないの？」黙って枝に腰掛けていたタウが、不意にそう言った。

「なんのことを？」

「いや、僕のこと。僕は、君に　君の言語体系をロードさせてもらったけどさ。君は僕にはなににも訊かないから」

長い文脈を話そうとすると、タウは奇妙に言葉をつっかえる。まだ、人間としての話し方をよく思い出せていない、という感じ。

「なあんだ、そんなことか」あたし、どうにか笑みを浮かべた。「タウは、これからあたしに自分のことを話してくれるんだよ。要するに、あたしはもう、あなたから身の上話を聞かせてもらってるの」

半分は本当で、半分は嘘。

タウは少しだけ身の上話をしてくれたけど、キスをした弾みで記憶があたしに流れ込んできたのは、タウの意志じゃなかった。

あたしがタウにはじめて出会った日、あたしと別れて地球から去っていったタウは、自分の人生の記憶があたしに流れ込んだことに気づいていないままだったんじゃないかな。

あたしを好きになってくれたタウならば、その事実を打ち明けても嫌がらないでいてくれたのかもしれない。ほんの限られた時間しか一緒にいられないあたしたちだけど、もしもこの地球で一緒に生きていくことができたなら……テレパシーがなくとも、タウはいつの日か語ってくれただろう。かつて、人間として生きていた頃のタウのこと。

でも。あたしが今、こうして目の前にしているタウは、

「……ああ、そうか。時間の流れが逆っていうのは　そういう現象を生み出すんだね」

感情のこもらない、冷めた声音を漏らした。

「ちょっと複雑だな。天体になって、太陽系を周回しはじめてから　何度も地球には訪れたけど、誰かと話したりすることはできなかった。人間に会ったら　悲鳴をあげられたからな。まあ、当然だよね、こんな姿だし」タウ、宙に浮いた自分の手のひらを眺める。「僕自身、人間らしい感情を失っているから。よく思い出せないんだ……誰かとおしゃべりして、時間をともに過ごすっていうのが　どういうことなんだか。

人と親しくなるってことも」

昨日タウから流れ込んできた、闇の記憶を思い出す。

絶対零度に限りなく近い、永遠の夜。あんな虚空《こくう》に漂いながら、まともな精神なんていつまでも保っていられるわけがない。あたしには、一瞬の体験でも耐えがたかった。

人間らしい感情を失っているから、人と親しくなるってどういうことかわからない、か。でも、タウはなにも心配する必要はないと思う。だって、明日――タウにとっての明日だけど、あたしと抱きあってキスするくらい、ちゃんとタウはあたしのことを好きになってるんだもん。

……うわわ。今、枝の上にいるのにバランスを崩しそうになった。くちびるを重ねたことを思い出したら、現実を忘れてのぼせてしまうではないか。

危ない、危ない。昨日までのタウだったら、あたしが落下しそうになったら周辺の空気をどうにかこうにかして助けてくれるだろうけど……目の前にいるタウは、とても、そこまで気が利きそうではない。

それどころか、そのままタウは口を閉ざして、場に沈黙が流れてしまう。

前にこの枝に座った時も、こうして黙ったまま並んでいたけど、あの時にタウを包んでいた沈黙はもっと安らかなものだった。

今のタウは、あたしの横にいることに居心地の悪さをおぼえている。横顔を見れば、分かることだった。

笑みを浮かべていない、親しげには話してくれない。

ここにいるのは、あたしの知らないタウ。

あたしに恋をしていないタウなのだ。

……ええい。ここはあたしが、なにか話さなきゃ。

このまま今夜という時間が終わってしまったらいけない気がする。このタウが変わらないまま、タウにとっての明日、あたしにとっての昨日を迎えてしまったら……タウは、あたしと恋になんて落ちてくれないんじゃないだろうか。

そんなパラドックスが起きてしまったら——あたしたちの東京での思い出も、なかったこととして消えてしまうかもしれない。

でも。あたしのことをよく知らない、おしゃべりをしたがらない男の子と、一体どんな話をしたらいいのか分からない。

滝沢さんに心配されていた通り、あたしがもっと友だちづき合いの上手《じょうず》な子だったらな。今更ながら、微かな後悔が胸の奥を咬《か》んだ。

胸中ではなんとか言葉を紡ぎだそうとしながらも、そっと隣のタウに目をやる。
と、その時、
タウの姿が、みるみる薄くなっていた。

「……え？」

目の前の光景が信じられなくて。何度もまばたきをしてしまう。

だって、今夜はまだ五日目なのだ。タウがこんなに早く消えてしまう筈がない。

でも、原因はすぐに悟ることができた。今夜は月もまだ細いし、暗闇に目が慣れていたから、さほど気に留めていなかった。だけど……見上げると、いつの間にか本格的に、星空を暗雲が覆い隠している。

やだ。天気予報、外れてるよ。

だってタウは天文現象なのだ。空が曇ると、どんな天体ショーも地上から見ることができないのと同じで——

「タ……」

慌てて目をこらすと、タウは完全に消えてしまったわけじゃなかった。

うっすらとした姿だけど、まだちゃんと枝の上に腰掛けている。

手を伸ばし、あたしはその腕を掴もうとした。微かな感触だったけど、確かに指先にやわらかな空気のかたまりを感じた。

でも、薄らいだタウは無反応だ。自分の姿があたしから見えなくなっていくことを、気に留めてもいなかった。

それはそうだろう、天体少年にとって、この不完全な姿はほんのかりそめのもの。天体の核となりえた精神の、かつての持ち主の姿を、惑星の夜に残像として浮かびあがらせているだけ……。

それでも、しがない三次元世界の住人であるあたしには、目に見える少年の姿がタウのすべてだ。

どうしよう。このまま、タウが消えてしまったら……。

と。タウの姿が、ふたたび鮮明になってくる。巨大な雲が通り過ぎて、ふたたび天上に星空が見えるようになったからだ。

なのに、

「翳《かげ》ってきたね」

タウは、なんてこともなさそうに空を仰ぐ。

「雨、降るかもね。君も、はやく家に帰った方がいいよ」

時間よりもはやくお別れがきてしまうのに、寂しそうな素振りなど見せてはくれない。

「明日、東京に行くんだろう。風邪《かぜ》引いちゃいけないし」

気をつかってくれるのは嬉しいけど、あなたと東京に行くのは明日のあたしではなく、昨日のあたしだ。まだタウの頭は、時間を逆行しているあたしと会話できるほどには整理されていないらしい。

「……このまま帰るわけには、いかないよ」

「どうして？」

不思議そうに訊き返されて、言葉に詰まる。タウは、あたしたちが一緒にいる方が不自然だって言わんばかりだ。

こんなタウの姿は、もう見ていられなかった。

昨日、お互いに好きだって気持ちを確かめあったばかりなのに。

あれから、あたしがタウに嫌われてしまったわけじゃない。頭ではそう分かっていた。

なのに、言われるままにあたしは、渋々と木を降りはじめてしまう。

地面から木の上のタウを見上げるけれど、あたしのことを見下ろしてくれてもいない。

目を背けて、タウとは逆向きに数歩だけ進んでみる。そうすると、もう足を止めることができなくなる。

ああ、あたしは逃げ出したかったんだ。まだタウは完全に消えてしまったわけじゃないのに。傍にいられる時間なんて、もう残り僅かなものなのに。……思い出が消えてしまうかもしれないのに。

あたしがこれほど弱虫だったなんて、知らなかった。

……ねえ、タウ。こんな気持ちだったのかな。

さっきまで一緒にいたタウじゃなくて、出会ったばかりの頃のタウに心で話しかける。

今のあたしの気持ちを分かるのは、きっとあなただけだね。

大切に想いあった人が目の前にいるのに、決して気持ちは通じることがない。

それどころか、相手の瞳には、訝《いぶか》しげなものしか漂ってはいないのだから。

本当は寂しいくせに、ひとりになると泣いてしまうくせに。仕事でいなくなるパパのことを笑顔で送り出していたママの気持ちが、やっと分かったような気がした。

大切な人を、困らせたくない。

ううん。相手のため、というわけでもないのかも。

……大切な人に迷惑そうな顔をされるのが、なによりも怖いんだ。

足を止められないまま。とぼとぼと家路を辿ってしまう。

ふと顔をあげたあたしは、軽く驚いた。……いつも無人の草原なのに、珍しいことに人影が向こうから近づいてくるのだ。

暗闇なので、離れていると姿がはっきりと分からない。夜道だし、知らない人だったら怖いと思うよりも前に、

「パパ？」

そう声をあげた自分が、とっても意外だった。パパがこんなところに来る筈がない。

「……海良ちゃん」

案の定。返ってきた声は、田代さんのものだった。いや、田代さんがここにいるのも意外なんだけどさ。何故か望遠鏡の調子が悪いからって、天文台に泊まり込みじゃなかったっけ……天候が悪くなって、どっちみち観測ができなくなったから戻ってきたのかな。

姿が見えるところまで近づくと、いつも通りの地味なセーターを着た田代さん、片

手に傘を持っていた。

「迎えにきてくれたんですか？」

「雨が降りそうですから」

無表情に田代さんが答えた。あたしがこの草原にいつも星空を見にきていることは、もちろん知られている。玄関先にあたしのスニーカーがなければ、ここにきてるって分かるもんね。

「……ありがとうございます」

口ではそう答えながらも、あたしは迷っていた。このまま流されて、田代さんと家に帰っちゃいけないのだ。でも、あのタウのところに引き返す勇気が出なくて。今日の夜明けまでは恋人だったのに、どう話しかけていいのか、もう分からなくて。

立ち止まったあたしに、田代さんはなにも尋ねなかった。代わりに、

「……テーブルに置いていた手紙」

「ああっ、見られちゃいました⁉」

しまった。あたしは、片づけができない子なのだ。家に誰もいないと思って、キッチンに書きかけの便箋を置きっぱなしだったかもしれない！

もしあの手紙の内容を滝沢さんに見られたら――

「うっかり読んでしまいましたので、美穂には見られないほうがいいと思って、海良ちゃんのお部屋に置いておきました」

「……すみません」

　田代さんに手紙を読まれたことも、足の踏み場もないくらい散らかった部屋に入られたことも恥ずかしいんだけど、滝沢さんにあの文章を見られるよりはマシだ。あたしになにかあったんだってバレて、色々勘ぐられたら大変。なにを言われるか、分かんないもんねえ……。

　傘を渡すというわけでもなく、田代さんはくるりとUターンする。あたしが追いつくのを待つこともなく、さっさと歩き出してしまう。夜風にショートボブの髪が小刻みに揺れている。

　滝沢さんとは正反対に、口数が少ないお姉さんだ。勉強を教えてもらっている時ならまだしも、こういう時どんなことを話したらいいのか思いつかない。さっきのタウと違うのは、一緒に暮らしているだけあって、沈黙が流れても苦痛にはならないってこと。

　あたし、数メートルほど遅れて、田代さんについて帰路を辿ってしまう。草原は、もう終わりに近づいていた。

後ろ髪をひかれる想いではあるのだけど……こうして日常生活をともにしている相手と一緒にいると、タウの存在がまた遠い夢のように思えてきてしまった。あたしの好きな人なのに……。

そういえば……田代さんは、好きな人っているのかな。

目の前を早足で歩いていく女の人に、今まで一度も持ったことのない疑問が不意にせりあがってきた。

滝沢さんは恋愛話が大好きだし、昔の恋人の話を聞かされたことも何度かある。だけど、田代さんが恋をしているところをあたしは想像できなかった。パパと同じく、研究一筋ってタイプに見える。

まあ、あたしは滝沢さんみたいな神経は持ちあわせていないので……田代さんにそんな突っ込んだ質問はできないんだけどね。

滝沢さんのことを思い出したら、今度は、数日前の場面が脳裏によみがえった。

そうだ。今なら、二人だけだし。確かめるチャンスかも。

「あの……訊いてもいいですか」

「はい」

突然声をかけたことに驚く風もなく、田代さんは立ち止まり、少し振り返って返事をした。英語の動名詞やら不定詞なんかについて質問をした時と、なんら変わりない声音である。

「この前、立ち聞きするつもりはなかったんですけど、耳に入っちゃいました。滝沢さんが、あたしのこと、友だちができないんじゃないかって心配してるって」

「はい」

あくまでも事務的な相槌《あいづち》。ううう、話しづらい。

「田代さんも……あたしは学校に行くべきだって思ってるんですか」

まだ英語が話せないあたしだけど、それは、この島の人たちとの交流をほとんどしていないから。島の学校に通えば、いやでも英会話が身につくだろうってことくらい分かっている。

日本の教科書であたしに英語を教えながら、田代さんがそれを考えていない筈がない。そんな風に思っていた。だって、せっかく英語圏にいるのに。学者志望のあたし、きっと将来は英語を必要とすることになるだろうに……。

「これじゃ、あたし、まるで逃げてばっかりですよね」懺悔《ざんげ》でもするかのように、あたしは田代さんの前で声を絞り出す。「学校からも、家族からも、自分の生まれた国からも……」

そうだ。……あたしはきっと、誰かに断罪してほしかったんだと思う。

だけど、返ってきた田代さんの言葉は意外なものだった。

「自分にとって大切ではないものから逃げるのなら、それは逃げではないです」

まるきり当然と言いたげに、固い口調を変えることもなく、

「いま海良ちゃんが本当に必要としているものは何ですか？」

逆に、尋ね返されてしまった。

返事に窮《きゅう》して、あうあう、とくちびるを動かしてしまう。

そうだ、答えなんて……とっくに分かっているじゃないか。

「私たちは、見守っているだけです」

たとえ世間一般の常識から外れていても――

なにが大切で、なにが大切じゃないのかは、あたしが選ぶことなのだと。

「で、でも滝沢さんは、あたしのことが心配だって」

「海良ちゃんが如月先生によく似ているからですよ」

うわ。また言われた。あたしはママに似たいのに。パパに似てるって言われても、
ちっとも嬉しくないのに！

「……それって、要するに、ふつうの人が当たり前に持ってるなにかが欠けてるって

意味ですよね……」

　脱力しつつ確かめてみると、

「違います」

　問題用紙を採点するような口調で、でも、珍しくもその頰を微かに緩ませて。

「ほかの人と同じことができなくても、ほかの人と違うことができるんなら、それでいいんですよ、海良ちゃん。もちろん、如月先生もそういう方ですから。

……ただ、美穂が心配しているのは、如月先生が、ご自分にとって本当に大切な人を手離してしまった方だから……」

　研究一筋で恋をしていなさそうだなんて、実は失礼な思い込みだったのかもしれない。

　もうパパとママはお別れしたというのに、
　ママのことを、未だ先生の奥さまと呼びつづけている田代さんは、

「……まだ知らないですよね。如月先生は……」

　あたしの心臓をダーツの的として、そのど真ん中へと矢を放ってくれたのだ。

まだタウは……あの枝の上にいてくれているかな。

あたし、全速力で、草原へと引き返す。田代さんはなんにも訊かないでいてくれたし、きっと明日からもそうしておいてくれるだろう。

空を見上げる。暗雲はまだ星空を残しておいてくれた。でも、いつ雨が降り出してもおかしくない、ぎりぎりの空模様。結局、傘は受け取らないままだったけど、そんなことはどうでもよかった。

普段は腕時計もつけないから、時間を知ることができない。星座の位置を確かめられたら、大体の時刻は分かるんだけどね。

やっと、さっきの滝木の前に辿りつく。

自分の大切ではないものから逃げるのは、逃げではないのだって。

田代さんはそう言ってくれた。

じゃあ自分の大切なものから逃げるのは——答えは、聞くまでもないよね。

枝の上を見上げる瞬間には、勇気を振り絞った。

「……タウ」

そのまま、あたしの時間が止まってしまう。

そこには、誰もいない。

間にあわなかったのだ。

地上の風も強くなってきたせいで、流れる黒い雲を背景に、不安げに枝がバラバラとしなっているだけ。

ぺたんと草の地面に座り込んでしまう。馬鹿だ。……あたしは、馬鹿だ。

タウと一緒にいられる時間は限られているんだから、絶対に離れちゃいけなかったのに。

まるっきり他人みたいな顔をしていたタウは、昨日のあたしに出会っても、水なんて差し出してくれないかもしれない。ましてや、キスなんてしてくれそうには――

……あれ。でも、あたしがタウとのファーストキスを覚えているってことは、昨日の東京での出来事は、変わらなかったということだろうか。

なんだか混乱しながらも、

「タウ」

あたしは草原に向かって名前を呼ぶ。吹きすさぶ風に声がかき消されそうだけど、

「ターウ」

諦めるわけには、いかなかった。

そう。あたしはちゃんと思い出せる。昨日のタウが人間らしい優しさを持っていて

くれたことだって。

……タウは、嘘をついていた。

あたしが心を痛めないようにと、そんな優しさによる嘘だった。

よく考えたら分かることだった。もしもタウが天体になった理由が、本当にコールド・スリープで長年眠っていたせいだったら、宇宙船に乗っていた他の乗客だって同じことになっただろう。でも、太陽系を巡る天体になった人間は、おそらくタウひとりきりなのだ。

今日のタウがあのまま変わらなければ、そんな嘘であたしを気遣ってくれるわけがない。

もしそうなっていたら、その記憶があたしに残っているわけがない。

そんなパラドックスが、起きるわけがない。

人工的な眠りに就《つ》かされたタウを乗せた宇宙船。人間の住める惑星を探して、どこまでも深宇宙を旅していく筈だった。なのにエッジワース・カイパーベルトで、まだ太陽系も出ないうちに、運悪く小惑星にぶつかってしまった。……それまでの話は、本当のこと。

だけど、もっと運の悪いことに。

タウは、目を覚ましてしまったのだ。

事故のせいで宇宙船の推進システムは駄目になった。でも、機能が全部失われたわけじゃなくて、船内の生命維持装置は正常なままだった。他の乗客たちも、静かに眠ったままでいた。

だけど、タウが眠っていたコールド・スリープ装置だけが壊れてしまったのだ。船内で一人だけの子どもだったから、装置が他の乗客たちと少し違ったのが致命的だったみたい。

目を覚ましたタウ、助けてくれる誰かを探すために船内をくまなく歩いてみる。だがパイロットも誰もいない。遥かな宇宙——遥かな時の流れを渡っていく船は、自動操縦で運行されていたのだ。

タウは、たった一人になってしまった。

どうやって助かったらいいのか、途方に暮れた。こうして意識を取り戻した以上、命ある生き物としては簡単にそれを放棄することなどできなかった。

緊急用のための食糧《しょくりょう》の備蓄はあったから、タウはたった一人で生き延びながら、あらゆる手段を尽くそうとした。

しかし、地球に救援信号を送っても、今の地球にタウを助けてくれる者がいるのだろうか。仮にSOSを耳にした誰かがいても、太陽系の果てまで離れた宇宙船を救う手立ては……？　案の定、いつまでも返信は入らないままだった。何十回、何百回繰り返してみても、結果は同じだった。

非常用の脱出ポッドも用意してあるにはあったけど、それも無用の長物。ここから、一体どこへ逃げろというのか。

ほかの乗客を装置から起こして、助けてもらおうかとも考えた。助からなくても、せめて、この果てしない孤独を共有できる誰かがほしかった。だが、一度コールド・スリープから目覚めてしまえば、専門家の手を借りずに自力で再び眠りに就くことはできないのだ。生き延びることが絶望的であれば、ずっと眠っている方が幸せじゃないのか……タウには、そんな選択はとれなかった。

長い時間を悪戦苦闘《あくせんくとう》するうちに、少年の背は少し伸びて、反比例するかのように、もとから虚《うつ》ろだった黒い瞳は、完全に光を失った。

——僕も、みんなと同じく、ずっと眠っていられたら

考えうる手段にすべて挫折《ざせつ》し、疲れ果てたタウは、いつしか、そう願うようになった。

宇宙船の窓から、漆黒の深淵を見上げる。

太陽系外縁部からのぞむ太陽は、地球から見るものとは較べようがない小さな光にすぎなかった。このじゃがいもみたいな小惑星と、あのささやかな恒星が、重力の理でつながっているだなんて信じがたかった。

ずいぶん長い時間、誰とも会話していなかった。独り言さえ、口にすることがなくなった。

なにか言葉を心に浮かべるのも、億劫《おっくう》である気がした。

厳重《げんじゅう》に、幾重にも施錠されたエアロックの扉。助かるための方策を探していたタウは、その開錠の方法を知っていた。

知らなかった方が良かった、と今のタウは思っている。もしも宇宙船の中でことされていたなら、あんなことにはならなかっただろうから。

知っていたから、タウは、最後には自分でなにをやっているのかよく分からないままに、その扉を開けてしまった。

絶対零度に限りなく近い真空の闇に、本物の眠りを求めた。――予想すべくもなかったからだ。彗星の溜まり場であるエッジワース・カイパーベルトには、人間には見えないダークマターも溢れていただなんて。……凍りついた自らの魂が、どのような軌跡を辿ることになるかだなんて。

タウにとっての真の孤独は、まだ、これからだったなんて。


昨日流れ込んできた、そんなタウの記憶に、激しくショックを受けた。記憶のディテールが明晰《めいせき》に思い浮かぶゆえに、幻覚ではない本物の記憶なのだろう、と結論づけるのに一日かかってしまった。

だけど、思い出せる、ということは。それがまだしも、記憶に耐えうることができる証なのだろうか（タウにとって？　それとも、あたしにとって？）。

地球にいた頃のタウも、あまり幸せではなかったみたいで……人間だったタウの過去には今も触れられないでいる。うまく言えないのだけど、考えようとすると、頭の奥がバラバラになるようによく分からなくなってしまう。

天体になってからのタウの記憶は、どこまでも宇宙の闇が続いていただけ、と言えばそれまでだけど……その中で意識を失うこともできない絶望は、想像を絶するものだった。タウは一時、ほとんど狂っていたのではないだろうか。

しかし、残された人間としての意識も、時とともに天体のものへと順応していく。

タウは、彗星のように細長い楕円軌道を辿り、太陽系を周回し続けた。百五十年という周期は、天体となった少年の主観では、短くもなかったがとりたてて長くもなかった。

いつしか孤独を忘れたタウは、坦々《たんたん》と重力の糸に定められた軌道を巡っていった。

地球の軌道に近づいても、お互いの位置関係により、地球に接近する場合もあれば、ずっと離れたまま通り過ぎることもあった。

当初、軌道上で地球に交差するほど近づいても、タウはその大気に近づこうとしなかった。地球の大陸は赤茶けていて、とても人類が生存を続けることができそうな環《かん》境《きょう》に見えなかった。輝きを失った地球は、あたしにとっても目を逸らしたくなるような凄惨《せいさん》な姿をしていた。

だけど。

何十回目か、何百回目だかの周回で、タウは気づく。

軌道を外れて遠ざかっていった筈の月が、少しずつ地球に接近しつつある。

――そんな、馬鹿な
そして。荒れ果てた地球の表面は、そののち近づくたびに美しさを取り戻していく。

タウにとっては見たことのない、宝石のような青い惑星へと。

――一体、なにが起こっているんだ
おそるおそる、その大気圏へと意識を滑らせる。ほかの惑星には何度も接近していたから、その行動自体は容易かった。

そして、タウは目にする。

人類が溢れていた、かつての地球文明の姿を。

時間を遡っているのだという自覚は、まだ持っていなかった。

夢を見ているのか、とタウは思った。天体として意識を取り戻した当初は、何度もそう疑っていたのだ。これはコールド・スリープの中で永遠に続いている悪夢ではないのかと。

でも、夢だってよかった。誰でもいい、自分ではない誰かと会話をしたいという渇望を、生まれてはじめて焼けつくほどに感じた。

夜に包まれた都会の片隅に、タウは降り立った。そして、その場にいたすべての人たちに驚かれて、悲鳴をあげて逃げられた。

タウは、まだ気づいていなかった。地球の大気圏内に投影された自分が、ひどく不完全な姿をしていることに。

……だから、諦めていたんだ。タウは。

この地球で、ふたたび誰かと言葉を交わすこと。

ましてや、人と親しくなるだなんて。

今から二日のち、タウはあの海であたしと出会う。だけど、長いあいだ宇宙を彷徨っていて凍りついたタウの心には、その時の印象がほとんど残っていなかった。

そんなタウが、どうしてあたしを好きになってくれたんだろうか。

そして、あたしを好きになったタウは。今のあたしみたいに——まだタウに恋をしていなかった頃のあたしに出会った時、どう思っていたのだろう。

考えてみて、やっと気づいた。

人間としての心を取り戻すほど、タウだって、怖くなってしまっていただろう。

お別れに近づいていくこと。そして、相手の時間を遡るほどに、愛されなくなっていくこと。

ううん。きっと、タウのほうがあたしよりも不安だったに違いない。人間ではないタウの姿に、タウを知らないあたしが驚き、怯《おび》えることが——

あたしの方がタウから逃げ出すなんて、本当に馬鹿だ。

伝えなければいけない言葉が、まだ、いっぱい残っているのに。

不意に、周囲が明るくなった。

月は出ていないのだから、雲の切れ間が広がった隙に零れおちてきた星明かりだろう。

その光が思いのほか眩《まばゆ》いことに驚きながら、あたしは再度、空を見上げて、……そして、微笑んだ。

「……タウ」

ひゅうひゅうと流れていく暗雲を背景に。

姿をうっすらとさせながらも、確かに天体少年がそこに浮かんでいた。

もう今夜は会えないと思っていた、その姿がひどくいとおしい。

『僕のことを呼んだの？』

悪天候の中で姿が消えかけているせいか、その言葉もくぐもったようにしか聞こえなくなっていた。まるで、すりガラスの向こう側にいるみたい。

だけど、

「タウに会いたかったから」

思いがけないほど、素直な言葉がころがりおちてくる。……昨日、あなたと重ねたくちびるから。

「雨が降ってくるのなんて、どうだっていいんだよ。だってタウは、ほんの七日間しか地球にいてくれないんだもの。一緒にいられないなんて、もったいないよ」

『だから……どうして？　君は、いったい僕をどんな存在だと思ってるの』

戸惑いしか含まれていない硬い疑問符にも、あたしは、もう躊躇ったりしない。

「あなたと、友だちになりたいから」


「海良ちゃんは、まだ知らないですよね。如月先生は」

さっき、田代さんは、あたしにこっそりと教えてくれていた。

「天文台で、新天体の研究をされています。変光星の発見や彗星の独立発見などは既になさってますけど、今は小惑星を見つけたいそうです。比較的自由に、発見者が命名することができますから。

……先生は、自分の見つけた小惑星を『なつめ』と名づけるのだと」

馬鹿だ。パパは馬鹿だ。天文馬鹿の天文を取ってしまってもあまりあるくらい、本当にどうしようもない馬鹿なんだ。

そんなことをしたって、ママはもう、パパの許へは帰ってこないのに。

宇宙の研究しか考えてなくって、家族を大切に思うような温かい血なんて身体のどこにも流れてないのかって、本気で疑っていた。そのパパの血が半分流れてるあたしのことにも、心のどこかで自信を持てなくなっていたのだ。

パパの気持ちがちょびっと分かったからって、ママの苦しみがなかったことにできるわけじゃないけどさ。

でも、せめて。

ちゃんとママの名前を覚えててくれただけでも、パパとしては上出来なのかもね……。

心の奥で、苦笑する。

……こんな時に脳裏に浮かんだのが滝沢さんのアドバイスだなんていうことにも。

ボーイフレンド以前に、友だちがつくれないんじゃないかって心配されているって思ってた。

もう、大丈夫だよ。あたしはパパとは違うんだ。

もう大切な人を、自分から手離したりはしない。


『……ともだち？』

タウは、馴染みのない単語を訊き返すかのように、発音した。

知識としてはあっても、実際の概念として意味を知らない、そんな口調で。

「そうだよ。あなたは、あたしがこの島にやってきて、はじめてできた友だちなんだよ」

ごうごうと荒れる風に髪を押さえつつ、あたしは叫ぶように告げる。

『……でも、僕は』上空の風はさらに激しさを増しているらしい。暗雲の狭間《はざま》から現れた天の川が、不意にくっきりとタウの輪郭を浮かびあがらせる。姿の薄くなっているタウは、その空模様までも透き通らせてしまう。

人形のような面立ちは、やっぱり微動だにしていない。黒いガラスの瞳は、こうしていても何光年も遠くに存在しているようだけど。

『人間じゃないって、言ってるだろう？』

なのに、あたしは、タウが泣いているんじゃないかって思ったんだ。

「そんなことないよ」

はじめて出会った時のように宙に浮かんでいるタウに、万感をこめて。

「タウは天体だけど、でも、普通の男の子だよ」

……あの夜、最初からタウがあたしを好きでいてくれたから、うっかり当たり前のことに気づかなかったじゃないか。

はじめはこうして、頑張って仲良くならなきゃいけなかったんだって。

だけど、好きだっていう言葉は、まだとっておくよ。

あの東京の人工的な星の海の上で、あたしがあなたに告白する時のために。

『でも僕は、この七日間を過ぎたら、すぐに地球からいなくなる。君だって、それはもう分かっているんだろう』

タウの声音に、はじめて揺らぎが生じていた。

怖がる必要なんて、最初からなかったんだ。想いが通じあえることは、もう時の流れに約束されているのだから。

もしかしたら、二人の時間軸が逆転していたのは、とても幸せなことだったのかもしれない。

そうでなければ……心が凍りついたタウと、自分に自信がなかったあたしが、たった七つの夜の間に恋をすることはできなかったんじゃないだろうか。

あたしは、タウの言葉に首を振った。

「あたしの名前くらい、もう知っているんでしょ。あたしは、如月海良。名前の由来は、くじら座の変光星ミラ。

君、じゃなくて、ちゃんと名前で呼んで。……名前って、大切なものなんだから」

空に浮かんでいるタウに、せいいっぱい手を伸ばす。

「ねえ、タウ」

『………』

「ターウ」
『………………海良』
やっと、あたしの名前を呟いてくれたタウは、
『……君は、不思議な子だね』と小さくつけ加える。
「いや、空に浮かんでる上に、身体透き通ってる人には言われたくないけどさ」
思わず、くちびるを尖らせてそう返すと、
『そりゃあ、確かにそうだね』
タウははじめて、固く結ばれていた口元を僅かに緩め、微笑を宿してくれた。
とこしえの暗闇に、一条の光が射《さ》し込むように。
それが、タウがあたしに向けてくれた、最初の笑顔だった。
「……ねえ、あたし、タウの傍にいてもいい？」
『……分かった』
そして、タウは、
あたしが伸ばした手に応えるように、手を差し出してくれる。
『こんな僕でも……』
少しずつ、中空から、あたしの傍へと舞い降りてきてくれる。

『海良が、そう望んでくれるなら』

あと、一メートル。あと、五十センチ。

指先のあいだの距離が、近づいていく。

……その時、不意に、水滴があたしの背すじを伝い落ちた。

冷たさ以上のものが、電流のように走り抜ける。

それは、雨粒の最初の一滴だった。

見上げると、いつの間にか、ついに暗雲が天空を覆い尽そうとしていたのだ。

「タウ！」

思わず焦って名を呼ぶ。

せめて、もう一度だけ手のひらに触れたくて。ほんの一瞬でも、かまわないから。

なのに、その切実さは今夜のタウには伝わらない。

『？』

ほんの穏やかな疑問を表情に浮かべつつも、タウは意図を悟ってくれない。ゆっくりと地面に降りてくるペースを変えてはくれない。

宙へと伸ばし続けているあたしの腕のほうが震えてきてしまう。

あと、三十センチ。あと、十センチ――

それでも耐えて、じりじりと、その瞬間を待ち望んだのだけど、
湿気を含んだ強風が、突如、大きく草原を薙《な》いで。
無情にも、その風に吹き飛ばされてしまったかのように、
タウは、完全に姿を消した。

黒い雲が空を覆い隠し、あまつさえ雲を透かして遠くで稲光が輝いている。

まるで映画のワンシーンみたいに、現実と思えないような土砂降りとなる。みるみる全身がずぶ濡《ぬ》れになり、足元の土は水を吸ってやわらかくなっていく。

だから、きっと誰にも聞こえない筈だ。姿を消しているあいだのタウはあたしを見ることができないだろうけど、この大雨であれば、そもそも心配しなくていいだろう。

どんなに声を張りあげて泣いても、あなたに聞こえることはない。

タウがさっき見せてくれたのは、タウがあたしに向けた最初の笑顔だった。

でも、あたしは気づいてしまった。それは同時に、あたしがタウに向けてもらった最後の笑顔でもあるということに。

つまり、今ここにいるあたしは、
残された時間でタウに微笑みかけてもらうことさえ、もうないのだ。

ほんの七つの夜で、恋をするなんてナンセンスだと思っていた。

そんなの意味がないよ、と無邪気に思っていた数日前から、どれだけあたしは変わってしまったのだろう。

意味があるとか、ないとかじゃない。

タウがあたしを好きとか、好きじゃないとかでもない。

出会うたびに、あなたが好き。

時の流れをもう遠くすれ違っていくしかないとしても、昨日よりもずっとあなたが好き。

永遠の虚空は地獄に等しい。タウの記憶に触れたあたしには、分かっている。それでも、あたしはタウが羨ましかった。タウが、タウの人生が、タウの残酷な運命が、タウの無機質な瞳が、タウの去っていく宇宙が、タウのすべてがあたしをかき乱した。むしろ、あたしは自分がタウであればいいのにと願った。タウがタウであるがゆえに、あたしはタウにまで嫉妬していた。

もうじき夏に向かう季節とはいえ、真夜中過ぎの大雨は骨身を凍らせた。大粒の雫《しずく》が容赦なくあたしの全身を伝う。でも、ちょうどよかった。さよならを間近に控えた夜は、熱帯夜よりも熱かったのだから。

第六夜

日の暮れる前から、草原に着いてしまった。

湰木の影は長く伸びはじめているけど、太陽は沈んでいない。まだ、夕日の色もしていない。

ほとんど眠れないまま、ここに戻ってきてしまった。一体あたしはなにをやっているんだろう。食事もろくに摂っていないままなので、なんとなく身体がふわふわする。

地面にしゃがみ込む。天気は良くなっていたけれど、土はまだ湿り気を帯びていた。意味もなく、指で地面にぐるぐると円を描く。

恋人とデートすることになって、そわそわして待ちきれなくて、約束の一時間も前に待ち合わせ場所に着いてしまう人って、こんな気分だろうか。いや、違うだろうな。あたしが今のタウと会うことをデートと呼んでいいのか、はなはだ疑問だ。

「……τ－38502aw」

あたしはぽつりと、タウの名前をつぶやく。本当に、これだけではなにも意味のない記号だ。固有名詞である名前ではなくて、人間を数字やアルファベットで区別するだなんて許しがたいことだと思ったのに、あたしにとってはその記号までも特別な意味を帯びていた。

「τ－３８５０２ａｗ………」

ぎゅっと膝を引き寄せる。

覚悟が、必要だ。

今夜のタウは、昨日よりももっと遠くにいる。

睡眠不足のせいだろう。そのままの姿勢で、ほんの少しだけうつらうつらとした。

気がつくと、だいぶん辺りが薄暗くなっている。本格的に世界が夜に閉ざされる前の、灰色の闇が広がっていた。

「……え」

これだけ暗くなれば、タウが姿を現しはじめてもいいのだが。

あたし、周りをきょろきょろする。天体少年の姿は、どこにも見当たらない。

ぎょっとして立ちあがった。もう六日目なのだ。タウが姿を見せてくれる時間は、さほど長くない筈。タウが地球を離れはじめているから――ではなくて、タウはまだ地球に近づきつつある途中なのだから。

焦りが、大きな手のひらのように心臓を支配する。暗闇が草原をすっぽりと呑み込みつつあるのに、ここにいるのはあたし一人だ。

どうしよう。

滑稽なほどあたしは慌てたが、タウの言葉をどうにか思い出す。タウが最初にあたしと会ったのは、この草原ではなく、岩場の向こうの海岸だった。

今日もまだ、そっちにいるのかもしれない。

万全の体調とは程遠いところにある身体を酷使して、あたしは海の方向に走る、走る。途中で見事に木の根につまずいてこける。でも、ほとんど痛みを感じなかった。きっと今、脳にアドレナリンが分泌《ぶんぴつ》されまくっているに違いない。すぐに立ちあがって、また走る。

草原と海をへだてる岩石地帯が見えてきた。ひときわ大きい岩陰のてっぺんに、闇に紛れた人影らしきものを見つける。人影、といっても頭だけが宙に浮いているように見えた。あたし、ほっと緊張を緩める。あんなシルエットを描く人物は、広き世界といえども、たった一人しかいないだろう。

足場の悪い岩をよじ登る。前にここにきた時には、タウが空気の道をつくって、あたしが歩きやすいようにしてくれたんだけど——足に擦《す》り傷をつくりながら、自力で、タウの隣までようやく到着する。

タウは、岩の頂上に腰掛けていた。手足の先端の位置から、どうやら片膝をついて海を眺めているんだな、と推測できる格好だった。近づいても、振り向かない。そのことに違和感がある。

これだけ近寄ったのに、あたしに気がついていないのか。そんな筈はないだろう。タウは、この惑星の夜の半球を知覚しているのだ。半径一メートル以内にほかの人間がいることが分からないわけがない。

「……タウ」

呼びかけた。少年は振り向かない。眠っているのだろうか。この不思議な男の子に、眠りというものが存在しているなら。

「タウ……？」

そっと、少年の肩の位置に手を触れる。空気のかたまりのような、感触のない肩。それが今のあたしたちの距離感を如実に象徴しているような気がしたのだが。

タウは、やっとこちらを振り向いてくれた。

あたし、静かに息を呑む。

分かっているつもりだったけど、想像以上だった。

タウの瞳を、人形のものみたいだとは思っていた。黒いガラス玉のような、感情のない虹彩。

だが、瞳以外の少年の頭部は人間らしさを備えているように見えていた。

何故なら、タウは笑っていたから。微笑みを浮かべなくても、逡巡《しゅんじゅん》であれ、困惑であれ、眉の形や頬の動きが、天体少年に人間の心が残されていることを証明していたから。——昨日までは。

今、あたしを振り向いたタウは、人間に見えなかった。ただ目があり、鼻があり、口があります、と書いているような顔。睫毛《まつげ》の長い繊細な顔立ちだから、むしろ、ぞっとするほど綺麗でもある。よくできたマネキンの頭部だけが宙に浮かんでいるみたいだ。

しばらく、口が利けなかった。想像してみてほしい、大切な人が、目の前で心を失った人形となって、自分のことにも気づいてくれない場面を。

タウは振り向いてくれたけど、ガラスの瞳は、焦点を結んでいない。

——これが、当たり前の姿なのかもしれない。

不意に、そんな感想がこみあげた。

タウとキスした時に流れ込んできた、永遠の闇のヴィジョン。その内で何万年とも思える長い時間を流浪していれば、人間の顔はこんな風になって当然なのかもしれない。

あたしは自分の身体の位置をずらし、そっとタウの目を見つめた。底冷えした寂しさは否めなかったけれど──自分でも思いがけないくらい、優しく微笑むことができた。

「タウ、ここにいたんだね。探したよ」

タウは、魂が存在していないような面持ちで、あたしの顔に視線を投げている。

「海を眺めていたの？」

手を伸ばして、タウの頬に触れる。体温のない肌は、笑ったり話したりしてくれていたタウよりも、この人形のようなタウによほど似合っていた。

と、

「　　　　」

なにも聞こえたわけではない。でも、あたしには、なんとなくわかった。タウが、あたしに向けて言葉を発しようとしたこと。

そうか。まだタウは、あたしの記憶をロードしていなかったんだ。

あたし、タウの隣に座った。少しだけ目線をあげてタウの顔を見ると、少年は自動的な仕草であたしの顔を見返してくる。

「……ねえ、タウ。あたしは、あなたとお話したいの。あなたが地球にいる間、あたしと一緒に時間を過ごしてほしいから」

言葉が通じていないのだから、一言一言をはっきりと口にしながら、胸の内でも思いを強く念じる。どうか、テレパシーが伝わるように。

「だから、ね。あたしの言葉を話せるようになってほしいの。あなたにはできるんでしょ？　心を読んでくれて、かまわないから」

タウに寄り添って、肩にぴったりと頭を乗せる。

どうすればタウがあたしの心を読みやすいのか分からなかったけど、ちゃんとあたしの気持ちを理解してくれたらしい。

タウの手のひらが動いた。あたしの頭にそっと触れてくる。でもそれは、髪を撫でてもらった時の優しい感触とは程遠い、機械的な動きだった。嬉しいのか、ますます寂しいのか、よくわからない心境になる。

あ。読まれているな。

なんとなく、触れられた指先から、頭の中をごそごそされている感じがした。痛いわけでも気持ち悪いわけでもないけれど、目の前で誰かが自分の日記を読んでいるような、どうにも落ち着かない居心地の悪さが漂う。

でも、タウが探っているのは、あくまで今の地球人であるあたしと会話するための知識だ。あたしの個人的な感情や思い出には極力触れないように気を遣っているのがわかる、そんな心の読まれ方だった。

人形みたいになっても、長いあいだ誰とも交流していなくとも、タウは心の底では思いやりを忘れていないんだな。そのことに嬉しくなると同時に、この少年がこんな姿になってしまった現実が、やっぱり理解できなくて。でも、あたしが考えていることがタウに伝わってはいけないから、必死で余計なことは頭に浮かべまいとする。

やがて、タウがあたしの髪から手を離した。

「……読めた？」

あたし、タウの肩にあごを乗せた。すぐそこに、タウの黒い瞳があった。今なら、もう一回キスしちゃっても、嫌がられたりしないかも。でも、いいや。せっかくのファーストキスの思い出の価値が下がっちゃうような気もするし。それに正直、あんなにも寂しいヴィジョンが流れ込んでくるのは、勘弁してほしかった。タウが、あまりにも可哀想《かわいそう》になってしまうから。

「タウ、話せそう？」

黙ったままのタウに、声をかけてみる。

と、ぎこちなく、タウが口をひらいた。

「　は」

くちびるから、わずかに音が漏れる。

「は？」

「　だ　」

「だ？」

タウは、ちょっと咳こんだ。喉が詰まったというよりも、気管を調整しているような仕草だ。そして、

「きみは、だれ？」

タウが、しゃべった。

抑揚のない声音だけど、確かにタウの声だった。よくできたマネキンから、よくできたアンドロイドに昇格したような雰囲気だ。

「……タウは昨日、あたしと会わなかったの？」

「　きみとは、きのう　あった　。　このうみで　きみが　ぼくを待って　いた。」

今のタウには、覚えたての言葉なのだ。うまく話せないのは仕方ない。分かっているのだが、

「　きみは、だれ？」

天を仰ぎ、まぶたを閉じる。眼の奥から、喉から、溢れ出しそうな熱をすべて呑みくだす。

「あたしは、如月海良。名前の由来は、くじら座の変光星ミラ」

そして、表情を動かすことのないタウに、ゆっくりと語りかける。

「あなたは、『τ－３８５０２ａｗ』……タウ。人間じゃなくて、天体なんでしょう。……個人情報が筒抜けなわけを、教えてあげようか」

タウは相槌さえうってくれない。本当にあたしの言葉を聞いてくれているんだろうか。

「あたしは、この島にきてから、ずっと友だちができなくて……単に、まだ英語しゃべれないからだけどね。それに日本の高校に入るための受験勉強もしないといけないから、この島の学校に通うっていうのもどうかと思ったし。気づいたらすっかり昼夜逆転生活になっていたから、学校に行く気がなくなったってのもあるけど」

言語体系だけではなく社会常識もロードしたってタウは言ってたんだから、日本とか受験勉強とかいう言葉も、ちゃんと通じる筈だよね。

「……パパと別れた家族は東京にいるんだけど……あたしは、パパについてこの島に来ちゃったから……」

時間軸が逆転しているのが分かっていても、自分の傍にいるのは恋した少年の抜け殻なのではないか、という不安を否めなかった。

それでも。

「だけど、よかった。だからあたし、あなたに会えたんだから」

返事はなかった。きっと、どんな感想も持ってはくれないのだろう。

あたしには、それを悲しんでいる暇はない。

「ねえ、タウ。明日からさ、向こうの草原の方にきてくれると嬉しいな」

いつもタウと過ごしていた方角を大きく指差してみせる。

「どうして？」

「あなたはね、地球にいる一週間、あたしと一緒にそこで過ごすんだから」

「　どうして」

……同じ言葉でも、ほんの少しニュアンスが違っていることに気づいて、あたしはタウの肩から頭をあげる。

「どうしてきみは　僕に　昨日あんなやくそくをしたの」

「約束？」

そういえば、前にもタウがそんなことを言っていた気がする。

あたしは首を傾げたが、タウにとっての昨日はあたしにとっての明日だ。明日のあたしがタウになにを言ったのか、分かる筈がない。タウから流れてきた記憶の中からも読み取れなかったし。

でも、タウの内面に、その単語がなにか波紋を広げていたらしい。

「きみは、いったい誰なの」

言葉の輪郭が、次第にはっきりしてくる。黒いガラスの瞳が、俄《にわ》かに揺れた。

さっきから、あたしは名前を訊かれていたわけじゃないんだ、とやっと気がついた。

「きみは、僕を見ても驚かなかった。僕は、これまで何度も地球にやってきた。でも、そんな人間には一度も会わなかった」

「……そうだよ。それが、あなたとあたしがこの島で一緒に過ごしてきた証なんだから」

もう一回、タウの肩に頭を乗せる。

決して、肩を抱いてはもらえない。

だけど、それでも。好きな男の子に寄り添っているだけで、どうして潮騒はこんなにもドラマチックな響きに聴こえてくるのだろう。波は、寄せては返す――タウが人間として生きていた遠い未来にも、この音色は同じように繰り返されていたのだろうか。

「タウ、あたしとくっついてて、ちょっとはあったかい？」

「だって僕は、人間じゃないよ。寒いとかあたたかいとか、きかれても分からない」

その言葉ではじめて気がついた。タウもまた、最後まであたしの体温を感じることはなかったのだ。

「……そりゃそうだよね。じゃないと、宇宙空間なんて冷たいところに浮かんでいられないもんね。……でも」

あたし、タウの背中に腕を伸ばす。

体温は感じてもらえなくても、温めてあげたかった。

長く長く虚空をさまよってきたタウの心に、気持ちが伝わるようにと――微動だにしない少年を、まるごと抱きしめる。

しばらく、沈黙があったのち、

「どうして」

今度のタウの呟きは、確かに逡巡を含んだものだった。

でも、今のタウにいくら愛を囁いても仕方ないじゃないか。どんな想いを伝えても、タウは微塵も動じないかもしれない。

切実な怖さは、昨日の不安とはまた違ったものだった。

今のあたしは、タウに冷たくされることが怖いんじゃない。

人間の心を持っていないタウを、目の当たりにしなければならないのが怖いのだ。

でも、これからタウは、あたしと時を過ごす中で変わってくれるのだから、

「あたしが、あなたにとってどんな存在になるのか……それは、あなたがこれから確かめて」

精一杯、気持ちをこめて囁いた。

けれど、返事がない。

「タウ……？」

あたしは、タウの背中に回していた腕を解いて、少年の顔を見ようとする。……その瞬間、

これまで触れていたタウの身体が薄れて、手が虚空を泳いだ。

「え？」

あたし、バランスを崩して倒れる。ころげ落ちないようにと慌てて岩場にしがみついたが、嫌というほど身体のあちこちを擦りむいてしまった。

「い……痛《い》ったあああああ！」

かろうじて岩の頂上から落っこちずにはすんだけど、さらに生傷が増えた。今夜はあたし、もうボロボロだなあ。

タウの座っていた場所を見上げたが、そこには誰もいなかった。

六日目の夜は、もうタイムアップだったのだ。

さよならも言わずに、タウは姿を消していた。

「…………」

あたし、岩場の上に身体を起こす。何事もなかったかのように、単調な響きを繰り返す潮騒の音が聴こえる。

……思い上がり、だったのかもしれない。

その考えは、いつの間にか心の隅から滲《にじ》みだしていて。

気がつけば、すっかりあたしの胸の内を支配していた。

思い上がりだったのかもしれない。タウを温めてあげたい、だなんて。

今抱きしめたことじゃなくて、あたしがタウと恋をしたこと、そのものが。

人形のように表情を失っていたタウ。それは、あたしが恋をしたタウよりも以前の姿であると同時に、あたしとお別れした、そののちの姿でもある。

あたしは、ちっともタウのことを分かっていなかった。

昨日のあたしの葛藤《かっとう》なんて、問題にもならないものだった。

知らなかった。宇宙を巡っていたタウが、あんなにも……人間では、なくなっていたなんて。

東京に行く前にあたしがともに時間を過ごしたタウは、笑顔を絶やさずに、どこにでもいる同年代の男の子みたいにしゃべってくれていた。

なのに、地球を離れたタウは、また永遠の夜の中で心のないマネキン人形に戻っていってしまう。あたしが恋をしたタウと、同じ存在だとは思えなくなるほどに――

そんな地獄を、再びタウに与えてしまってもいいのだろうか。

タウは優しいから……なにも言わないでいてくれただけかもしれないじゃないか……。

キスした時に流れ込んできた寂しいヴィジョンを、また思い出してしまう。心を甦《よみがえ》らせなければ、タウはこれからも、あの苦しみを感じることもないまま宇宙をたゆたっていられる。苦痛もない代わりに楽しさもないだろうけど、どのみち、広大な闇の牢獄《ろうごく》には人として幸福なことなどなにも転がっていない筈だ。

ビッグ・バンまであたしたちの思い出を運んでほしいだなんて、どれだけ残酷な夢を口にしてしまったのだろう。

タウが、これからも静かに天体として宇宙を運行していくためには、恋なんてしてはいけなかったのだ。

そして、喜ぶべきところなのか悲しむべきなのか、あたし自身にもさっぱり分からないんだけど——方法はあるのだ。すべてを取り消せる方法が。

タウが、あたしと恋をしないためには、

明日。タウが、地球にやってきた日に。

ただ、あたしと出会わなければいい。

最後の夜、あたしが、タウを探しにここまで来なければいいんだ。

「……ところで、先生のお生まれはどちらなのですか」

「生まれたのは、地球ですが」

うっかりとそう返答してから、不意に我に返った。

たまに、こうしたとんでもない発言をしてしまう。数々の奇矯なエピソードを残した父親ほどではなくとも、やはり如月先生は変人だと評されてしまう所以《ゆえん》なのだが、これは自分ではない別の人間の記憶を宿しているせいである。

＊

目の前の女性記者は一瞬目を丸くし、それから、屈託なく笑い出す。どうやら天文学者ならではのジョークと受け取ってくれたようだが、流石にひやりとした。インタヴューは未だ終わっていなかったのだ。

記者への一応の申し訳なさと、あの人の過去を思い出す痛みが胸の内で混ざりあう。

あまりにもとんでもない記事を書かれてしまったら、父のことを言えなくなってしまうもので、気を取り直して質問に答えながらも、私は、思考の隅では回想を止《や》めることができないままだった。

当時の私は、タウが地球で生まれ、人間として生きていた記憶を受け止められなかった。現在の私にとっても、経験したことのない痛みの連なりなのだ。自我の成長過程だった当時には、なおさらのことだった。

しかし私は、長い時間をかけて、タウの記憶を反芻《はんすう》し、再構成していった。

日本に戻ったあとに入学した高校で、やはりクラスですっかり浮いた存在になってしまい、いつも一人の席でぼんやりしながら。

あるいは。アメリカに渡ったのち、苦手だった英会話をすぐには習得できず――最初の友人ができるまでは、アパートの部屋の隅でほとんど毎晩のように。

古い日々の記憶は、鮮やかさと茫漠さという相反した色を併せ持つ。音も匂いもそのままに蘇ってきそうなのに、どこで起こった出来事だったのかも判然としない。

タウが語ってくれた過去と重ね合わせるかのように、私は、心の淵《ふち》に残された記憶のあらましを順序立て、吟味《ぎんみ》し、系統づけていった。

——荒野の向こうの地平線へと沈む夕日。

薄墨を流したような東の空には、もう星が瞬きはじめている。

記憶のフィルターを通した空には北斗七星《ほくとしちせい》が望めたが、その形に違和感があった。逆向きに見えているとか、そういう問題ではない。僅かであるが、星座のかたちが歪んでいるのだ。

そんな奇妙な夕暮れの荒野に立ち尽くしたタウは、喪失感に耐えていた。

たった一人の家族だった母を、病で亡くした直後だったのだ。

「τ-38502aw」

番号が——否、タウの名前が呼ばれる。それを不審《ふしん》にも不快にも思うことなく、当たり前のものとしてタウは振り向いて、見上げる。

立っていたのは白衣の男。闇夜の色にブラウンの髪が溶け込んでいる。肌は浅黒く、国籍は分からない。上背があり、鼻が高いので、年老いる前の父に雰囲気が似ていた。

タウの記憶による視野なので、私はタウ本人の姿を確かめることができない。だが、タウの目線がその男の胸の高さに届かないところを見ると、彼は十歳に満たない子どもだったようだ。

『博士』……とタウは男を呼ぼうとするが、気後れもあり、肉親を喪《うしな》ったショックの余韻《よいん》もあり、うまく言葉を宙へと発することができない。

——これから、長い夜になるぞ。ひどく冷えるから、中に入ったほうがいい
男は、今度は言葉ではなくて、思念をタウの胸に吹き込むが、小さなタウはそれにも返事をしない。

だが、男がいよいよ背中を向けると、少年は素直に後ろをついていく。彼のあたらしい庇護者《ひごしゃ》のあとを。

彼らの向かう先、赤茶けた荒野の上には、巨大なドーム型の建造物が、透明な表面に星影を静かに反射させていた。

それが、博士の研究所だった。


博士——天涯孤独となったあとに、タウを引き取ってくれた義理の父親。

もっとも、本当の父親を記憶に残していないタウは、大人の男とどうやって接していいものか、見当がつかなかった。

タウが博士と一緒に暮らしていた研究所には、ほかにも子どもたちがいた。誰よりもよく笑顔を見せていた、イータという髪の長い女の子。双子のファイという男の子

たち（どちらにもφ《ファイ》という識別記号がついていたため、二人のことは番号で呼び分けていた）。一切口を利かない、くしゃくしゃ頭をしたミューという女の子。

タウがそうであるように、博士がそうであったように、どの子どもも、肌や髪や瞳の色合いが複雑だった。ほんの一握りとなっていた人類の末裔《まつえい》は、すべての人種、すべての民族が混血しあっていたのだ。

みな親を亡くした子どもたちだったから、なんとなく、兄妹のような雰囲気も漂っていた。でも、親しくなることは難しかった。生き残りの混血児たちは、お互いに言葉が通じなかったから。

タウは、テレパシーの訓練を受ける子どもたちの中で、群を抜いて能力を伸ばしていった。でも、それを用いてほかの者と交流を深めるのは避けていた。

才能を開花させるほどに、博士はタウを特別扱いするようになって、タウは、逆にイータたちと時間を過ごしにくくなったからだ。第一、仲間たちと楽しく暮らそうという気分が生まれるほど、研究所の空気は明るいものにはなれなかったし——当時の地球では、楽観的な未来を描くことが誰にもできなかったのだし。


あたしに……似てるな。

ほろ苦く、今もそう思う。

昔、学校の教室で一人ぼっちだった寂しさに、家族がバラバラになっていく心もとなさに……そんなタウの孤独はよく似たものだったから。

だからこそ、タウの心に残っていた地球の風景は、もう一つの私の故郷なのだ。

あの荒野の記憶については。

当初、地球ではない、別の惑星の風景ではないのかと戸惑ったものだ。果てしなく広がる赤茶けた丘陵《きゅうりょう》は、確かに火星の大地を連想させる。

遥か未来の人類ならば、太陽系外の惑星に移住していることも考えられる。唯一見える衛星も、小指の爪の先で天頂をほんの少しひっかいた傷跡のようだった。

だが、タウは生涯、太陽系から出ていったことはない筈だ。その前提で考えれば、夕日の大きさを見たところでは、地球以外の惑星の記憶だとは考えにくい。太陽との距離を考えれば、明白なことだ。

北斗七星が歪んだ理由には説明がつく。それぞれの星は固有運動をしているため、未来の夜空では星座のかたちは変わってしまうのだ。

だが、あのひっかき傷のような衛星が、本当に月だとすれば——

タウは知らなかったようだが、今の私には想像できる。どうして、未来の人類が地球で生きてゆけなくなったのか。

月が地球から離れていくと、地球は月の重力という大きな支えを失うのだ。すると、バランスを崩した独楽《こま》のように、地軸の安定を保てなくなってしまう。

小さな二つの衛星しか持たず、木星の重力に翻弄《ほんろう》されている火星ほどではなくとも、地軸がほんの少し傾くだけで環境に大きな影響が起こる。生態系も壊滅状態だったと考えられ、地上世界が荒野となっていたことも頷けた。

本来、月が自然に地球から離れることによる影響が問題になるのは、何十億年か先の話だった筈だ。やはりタウの言った通り、巨大隕石の衝突というような異変があって、月の軌道が狂ったのだろう。

博士が忠告した通り、本当に長い夜だった。それも地軸が傾いたせいだったのか。

「近いうちに、タウはそちらに送る。テレパスとして使えそうなのは、タウだけだ。……ほかの被験者は、実用レベルまで能力を伸ばせそうな見込みはない」

真夜中、目が覚めてしまったタウは喉の渇きをおぼえて、ほかの子どもたちを起こさないように足音を殺して廊下を歩いている途中で、そんな博士の声を聞いた。

博士は自室のメイン・コンピュータの画面越しに、誰かと交信しているようだった。生き残っているのは自分たちだけかもしれない、と漠然と思っていたタウは、博士が他人とコンタクトをとっていることに驚いた。話し相手の声は明確に聞きとれなかったが、少年は壁越しにこっそりと耳を澄ます。

「ただし、まだ肉体ができあがっていない子供が、長期のコールド・スリープに耐えうるかは疑問だ。宇宙空間での放射線や素粒子の影響を受けるリスクも成人よりも高いのでは……対処は可能だろうか……」

それは、決して思いやりの言葉ではない。

タウに向けていた親しげな声とは別人のような、ごく事務的な声音だった。大切な道具が役に立たなかったら困る、と言いたげな。

だけど、タウは不快感をおぼえなかった。博士がタウたちを育てている理由が愛ではないことは、とうに知っていたから。

そして数日も経たないうちに、タウは本当に研究所から旅立つこととなる。

博士はタウの細い肩に、大きく温かい手を置いて言った。お前はとびぬけて優秀だから、特別に選ばれたんだよ。地球から旅立ち、あたらしい星で、能力を生かして人類の未来のために立派な仕事をするんだ。

現実に、人類が移住できる殖民星の候補は発見されていたんだろうか。見つかっていたとして、多くの人々が暮らせるほどの開拓を実現できる目処《めど》は？

博士の穏やかな茶色い瞳の中には、答えは見つけられない。

見上げているタウの眼差《まなざ》しは、ぼんやりと虚ろなものだった。

そして。別の科学者に連れていかれた、別の研究所で、タウはテレパスとしての訓練をさらに徹底《てってい》させられる。疑問をはさむ余地はなかった。少年らしい夢を額に宿らせたことは、生涯を通じて一度もなかった。

そして。ある日タウは、ほんの少しの説明だけ受けて、真っ白な手術室でカプセルに寝かされ、医療《いりょう》チームに囲まれて、コールド・スリープに就いていく。

移住先となる惑星で無事に目覚められる可能性が限りなく低いことは、周囲の科学者たちの雰囲気から感じ取っていた。二度と目覚めることはないだろうと、なかば諦めていた。

——だが。タウは、ふたたび目覚めることとなる。

否、目覚めてしまった、と言うべきだ。……永遠に等しい闇の中で。

天体となったタウが、なぜ時間を遡っているのか。

その謎については、タウは自ら解き明かしていくこととなる。高次元の存在となった己《おのれ》の身を、徐々に自覚していったのちだ。

あの夜、新宿駅近くのファーストフード店で、私に説明してくれた通りだ。タウの魂と結びついた素粒子が、時間をマイナス方向に流れる性質を持っていたためだ。

電荷の正負を対《つい》としている物質と反物質のように、素粒子には時間軸の方向性も決定する因子が備わっている。ダークマターの正体として、仮説として挙げられている、超対称性パートナー粒子が発見されないのも、それらが時間の方向性をも対称とする性質を併せ持っているからかもしれない。現在の物理学でも、素粒子が時間を遡行する可能性は否定されていないのだ。

人間の姿をしていたタウは、私と同じ時間の流れを共有していた。彼の言葉通り、現代の科学では正確な説明はできないのかもしれないが、今ではおぼろげに想像できるように思う。タウの姿が不完全だった理由についても。

たとえるならば。

三次元の物体を、二次元である地面に映せば、その影もまた二次元のものとなる。そして、二次元となった影のかたちは、三次元である物体の形状を正確には現せない。

タウの人間としての姿は、大気圏を通した天文現象だ。だが、四次元以上の存在であるタウを、地球上の大気、つまり三次元の素粒子へと投影すれば、タウの姿は正確には現されないだろう。

また、不完全ながらも三次元の物質で構成されたタウは、その因子が持つ時間の流れに準拠するしかないため、人間の姿を保っている間は時間をマイナス方向に進むことはない。……そういった現象が起こっていたのではないだろうか。

紆余《うよ》曲折《きょくせつ》があって、アメリカで博士号を取得した私だが、一旦英語を身につけてしまえば向こうでの暮らしの方がずっと肌にあっていた。変に気を回して空気を読まずとも、はっきりと自己主張をした上で意見を交わせる人間関係の中で、やっと私は知《ち》己《き》にも恵まれ、自分らしい人生を獲得《かくとく》することができた。のちに、現役を引退した父の意向もあり、結局日本に戻ってきた身ではあるが。

今になって思えば、タウの記憶を辿ろうとした私は、ただ孤独を免《まぬが》れようとしていたのかもしれない。タウのことを考えている間だけは、一人でいることを意識せずにすんだのだから。

だが。

もしも、あの人の記憶が私の内面の一部として定着していなければ、私は本当に今でも、タウの存在を現実のものとして信じることができただろうか……そんな疑念をもつこともある。タウの命には遠く及ばなくとも、地上で年を重ねた私には、もはや星空に浮かぶ少年の手はとれまい。

あののちも、最期まで少年のままだったろうタウに、時折、私は尋ねてみたくなる。

タウ、今の私が——あなたを想っていても、いいのだろうかと。

ねえ、あなたは。

もちろんだよって、笑ってくれるだろうか。

第七夜

パラドックスが起こったら、どうなるのか。

あたしはこの一週間、それが生まれる可能性を避けていた。

何故なら、あたしたちの思い出が改変されてしまうかもしれないから。

交わした言葉の、一つ一つ。タウが見せてくれた表情。一緒に飛んだ星空、奇妙な夢の中のようなテレポーテーション、繋いだ手、抱かれた胸、そして、東京の空でのファーストキス……。

そのすべてが、あたしにとって、かけがえのない生涯の宝物になると思っていた。

だけど、タウにとってはどうなのだろう。

あたしは、タウと別れたあともまだ人生が続いていくのだ。天文学をやりたいという夢も叶えたいし、ほかの誰かを好きになることもあるのかもしれない。

なのに、タウには、もう暗闇しかない。

好きになった男の子が、あれほどに無表情な人形に戻っていってしまうだなんて、あまりにも耐えがたい。

……あたしの、せいだ。

あたしにさえ出会わなければ、タウは静かに地球を通過していくだけですむのだ。たとえ、あたしの思い出からタウが消えてしまうことになっても。

このままだと、一生後悔することにならないだろうか。

初恋の相手を、永遠の奈落《ならく》に再び突き落としてしまった、だなんて。

明け方に……いや、明け方じゃないっつうの、あたしは昼夜逆転の生活をしているんだから。夕方近く、ほんの少しベッドの上でまどろんだ。一睡もできないと思っていたのに。

夢の中で、あたしはなにか大切なことを思い出しかけた気がした。しかし、混濁《こんだく》した意識と無意識のあいだで摑みかけたことなど、寝返り一つで、すぐにうやむやになってしまう。

目が覚めて、ぼんやりした頭で枕元《まくらもと》の時計を確認する。もう日の暮れる時間は迫ってきていた。

……このまま、起きないでいようかな。

今日が、タウにとって、初めて地球にやってきた日。あたしに残されたタウの記憶がまるごと消えたならば、あたしとタウは出会わなかったということになるのだろう。……だけど、その場合、あたし自身にも確かめることができないね。ファーストキスを忘れたことさえ、一生気づかないままになるだろう。

寝ぼけながら考えているうちに、階下でなにやら物音がしているのに気づいた。あれ、パパが帰ってきたんだろうか。

反射的に、東京で耳にしたママの言葉を思い出す。ママは、パパのことをこう言っていた。

――もとから心が地上世界にいない人なのよ。

――愛しているから、傍にいられない。

やだな。今のあたしに、ぴったりな言葉じゃないか。あたし、ベッドの中で苦笑してしまう。比喩《ひゆ》表現ではなく、タウは地上世界に心を置くような存在ではないもんね。

愛しているから、傍にいられない……か。

心は宇宙に飛んでいっているのだとしても、タウと違って、パパはずっと地上にいるのにね。

でも、同じ地上にいるのに、ずっと会えないっていうのも苦しいのかもしれない。ママだけじゃなくて、もしかしたら、パパも。

あたしはベッドから起きあがった。

……ママの手紙の言葉を、パパに伝えてあげたかった。「よろしく」って書いてあるのに、いつも教えてあげないいままだったからさ。

階段をとんとんと降りて、キッチンを覗く。

なんだかパパに対して、不思議と同志みたいな気持ちが湧《わ》いてきて、生まれてこのかたないほどに、甘えた声で呼んでしまった。

「パーパ？」

だというのに、

「あら、海良ちゃん、おはよう。如月先生なら、大学にいるわよ」

……帰ってきていたのは、パパではなくてお姉さんたちだった。滝沢さんと田代さんはいつも通り、一緒に夕食の準備をはじめていた。うわあ、すっごく恥ずかしい！

そうでなくても、思い出したら、決まりが悪くなることばっかりなのに……。

でも、田代さんたちは、何事もなかったように振舞ってくれている。

「……おかえりなさい」

あたしも、きっと、いつも通りでいるのが一番いいんだと思う。

「望遠鏡の不調の原因、分かりましたか」

「結局、分からずじまいよ。っていうより、日にちが経つにつれ、撮影した画像が元通り鮮明に戻ってきたのよね。どうも、うちのメガネだけじゃなくて、他所《よそ》もおかしくなってたみたいだし」

滝沢さん、お鍋《なべ》を片手に、首を傾げてみせる。

……もしかして、タウのせいだったのだろうか。

科学者たちに観測できなかっただけで、未知の天体が地球のすぐ傍まで接近し、通り抜けていったのだ。

テレポーテーションの幻の中の巨大な地球に見えた天体は、タウの本当の姿が投影されたものだったんじゃないかって気がしてるし……いくら検出できないダークマターだって、あれほど大質量の天体が傍まで接近していたら、影響がちょっとは地球に起こっていてもおかしくないのかも。……まあ、確かめることはできないけどね。

「あ、ごはん、海良ちゃんの分もつくってるわよ。お豆腐と油揚げの味噌汁《みそしる》、好きでしょ」

数日前にあたしが夕ごはんをすっぽかしたのを思い出したのか、滝沢さんが声をかけてくる。

うん、大好物だよ。……普段のあたしならね。

田代さんが、あたしの分のごはんを無言でついでくれたのだけど、箸《はし》をつける気にならなかった。食卓の上で湯気を立てるごはんと味噌汁を、あたしは恨《うら》みがましい気持ちで見つめることになる。当たり前だと思っていた日常が、こうも遠いものに感じるとは。

「あら？　どうしたの。体調が悪いのかしら」

滝沢さんがいちはやく気がついて、心配してくれる。ううう。本当のことなんて、言えるわけないじゃないか。

「大丈夫です……あたし、買い置きしてたお菓子を食べすぎちゃっただけ」

「だったらいいんだけど……もしも体調不良ではなくて、恋の悩みだったら、相談に乗りたいな、と思ったのよ」

滝沢さん、小鳥のように、朗らかに笑う。

「あたしも海良ちゃんくらいの年頃には、よく恋の悩みで食べ物が喉に通らなくなったりもしたものよ。ああ、懐かしいわあ」

思わずひやりとしたけれど、田代さんが横からぽそりとつっ込んだ。

「海良ちゃん、まだ英語が通じないんですよね。この島ではボーイフレンドがつくれないって言ったのは、美穂じゃないですか」

……えっと。もしかして、庇《かば》ってくれているのかな？

「ああら、わかんないわよう？　愛には言葉の壁なんて越える力があるわ」だけど滝沢さんは、ソプラノの声音で歌うように、あっけらかんと数日前の持論をひるがえす。根は調子のいいお姉さんなのだ。「あたしだって、それなりに色々な恋愛を経験してきたもの。どんな恋にだって、アドバイスしちゃうわよ？」

「美穂、海良ちゃんはお菓子の食べすぎだって言ってるじゃないですか」

「ねえ海良ちゃん、あたしに相談したいことはない？」……田代さんのツッコミは見事に流されている。

だけど、どんなに滝沢さんの恋愛経験が豊富だろうが、時間を逆行している男の人と付き合ったことはないだろう。それに、いくら天文学をやっているお姉さんたちでも、説明しても信じてもらえそうにないな。ダークマターの天体少年と恋をした、なんてさ。

あ、でも。

あたし、閃《ひらめ》いた。タウのことは相談できなくても、二番目に悩んでいることなら言えるじゃないか。むしろ、こちらの疑問は是非とも、滝沢さんに訊いてみたい。

「じゃあ、ママのことで相談してもいいですか？」

「如月先生の……海良ちゃんのお母さん？」

滝沢さんは、言葉の途中ではっとしたように言い直した。

「えーと、あたしのママは、パパのこと『愛しているから、傍にいられない』って言ってたそうなんです」

「……それって、いつのこと？」滝沢さん、眉間にしわを寄せる。

「最近らしいけど、でもあたしも人づてに聞いただけで」なんとか、その辺りはうやむやに誤魔化してみる。「でも、パパって鈍感だから、そんなママの気持ちのことは分からないんだろうし……叶わない気持ちなのに、ずっと好きでいるなんて、ママの一生はやっぱり可哀想なんじゃないのかなって……」

滝沢さんは、田代さんと顔を見合わせた。話がこういう方向に流れるとは、思っていなかったみたいで。

「どう思う？　ゆきりん」

「夫婦や恋人のあいだのことは、当事者同士にしか分からないことも多いですし、無闇に推測を述べるべきではないと思いますが……」田代さん、控えめな言い方ながらも、はっきりとした口調で返す。「でも少なくとも、先生は世間で思われているように愛情が欠落しているわけじゃないですよ」

「そうよね」滝沢さん、口元でぷっと笑う。「ついこの前も、冗談で海良ちゃんの名前を忘れたふりをしたら、本気にされて怒られたって、真剣に落ち込んでいたわよ。いくらなんでも、さんかく座の名前を出したら、ジョークだと気づいてもらえると思ったのに、だなんて」

「あの方の場合、普段の言動がアレですからね」

田代さんの口調は、誰かに言い聞かせるようなものだった。誰に？　……もちろん、あたしになのだろう。

「昔も、科学雑誌の取材で『宇宙への探求に夢中で、自分の子どもが何人いるのかも覚えていませんよ』なんて発言したら、とても冗談に見えないムードだったので、記者も真に受けて、そのまま記事に書かれてしまったことがありましたよね。世間からも非難の声があがって落ち込んでいたのに、まったく懲《こ》りないんですから」

「あ～、あ～、あったわね、そんなことが」

滝沢さん、こらえきれずに笑い転げている。まったく、狼少年《おおかみしょうねん》ならぬ狼オヤジなのだな、パパは。冗談のつもりかもしれないけど、洒落にならない冗談をいつも言っていたら、どこまで本気なのか全然区別がつかないじゃないか。

……むぅ。どうせあたしは、空気が読めないのだ。

「先生の奥さまも大変だったでしょうね」

「そうね。でも……」滝沢さんの表情は、あたしに向けてふっと優しくなった。「海良ちゃんのママが、先生とお別れすることになったのは、確かに、ママにとっても、海良ちゃんにとっても辛いことだったと思うわ。

だけど、男と女って難しいの。決して心は理屈通りには動かない。たとえ愛しあっていても、どうしても別れなければならない時だって、この地上世界には存在するわけよ」

「海良ちゃんにアドバイスしたいんじゃなくて、結局、美穂が前の彼氏への未練を語りたいだけじゃないですか」

「うるさいわね、ゆきりん。いいのよ、愛に別れはつきものなの。大切なことは――さよならの悲しみに頬を濡らしたそのあとに、それでもあの人を愛せてよかったと振り返れることではないのかしら」

「愛せて、よかった……」

反射的に、滝沢さんの言葉を繰り返す。

「そうよ。あたしたちは決して、好きになる相手を選ぶことはできない。それでも海良ちゃんのママが、先生を愛してよかったと思っているなら、そして、今でも愛しつづけているのなら、あたしは海良ちゃんのママが可哀想だとは思わないわね。海良ちゃんから見たママとは別の、ひとりの大人の女性として」

滝沢さんはそう言って、にっこり笑ってみせた。

もしかしたら、ママにとってはそうなのかもしれない。……切に、そうなのだと祈りたい。

でも……あたしにとっては、そういう問題ではないのだ。

あたしは、タウに会えてよかったと思っている。

お別れは悲しいけど、できることならば、ずっとタウとの思い出を大切にして生きていきたかった。

思い出を失うことになるかもしれなくても、あたしとタウが会わなかったことにしたい――と願うのは、あたしのためじゃなくって。

タウがあたしと会ったがために、再び宇宙の闇の中で壊れていくから……という理由だった。

だけど、それも結局、タウのためじゃないのかもしれない。

あたしは、やっぱり実は、あたし自身のためにそう思ったのかもしれない。

自分の存在がタウを苦しめてしまうのが嫌。その気持ちばかりに目を向けていて、タウ本人の気持ちがどうなのか、あたしは真剣に考えようとしていなかったのじゃないだろうか。

――……かった。

不意に、耳の奥で、タウの言葉が甦る。本当はずっと、心のどこかでひっかかっていた記憶なのだけど。

なにか、重要なことを忘れていないだろうか。あれは、いつのことだった？　タウとはほんの一週間しか過ごしていない筈なのに、出会ったのがすごく昔のことだったような気がする。

あたし、おそるおそる、記憶の糸を巻き戻してみる。

――七日目の君に……

……

……………

……………………………………………


「ああああああああああああああああ！！」

思わず、滝沢さんと田代さんの存在を忘れて、絶叫してしまう。

馬鹿だ、あたし、馬鹿だ、あたし、馬鹿だ。本当に、救いようのない大馬鹿だ。

パパのことといい、我ながら、なんて浅はかな子どもなんだろう。

すっかり記憶から抜け落ちていた。タウは、一番はじめに、一番大切なメッセージを、ちゃんと手渡してくれていたんだよ。

あたしは、まだパジャマを着たままだった。お姉さんたちにはもうなにも説明せずに、二階へと駆け上がる。間に合うだろうか……行かないつもりだったから考えていなかったけど、今日のタウも草原じゃなくて、あの海岸に姿を現すのだ。しかも、地球にやってくる初日ということは、あたしがタウにはじめて出会ったあの夜と同じく、ほんの短いあいだしか姿をとどめてくれないに違いない。

もう一度、時計を確かめる。日暮れまでに海岸に辿りつけるだろうか――おそらく間にあわないだろう、という時刻ではないか。それでもあたしはパジャマを脱ぎ捨て、床に散らかす。とにかくもTシャツに袖を通す。ブラなんて、とてもつけてらんない。

いいや、今日はタウと抱きあうわけでもないんだから。走るのに邪魔なほど胸があるわけでもないしさっ。

家から飛び出す寸前、お姉さんたちの会話が耳に挟まる。

「私たちが知らないだけで、海良ちゃんにも色々あるんですよ、きっと」

「そうなんでしょうけどねえ。さすが、先生のお子さんだけあって、たまに行動が突飛《とっぴ》になるのよね」

……いいや。あたしは、なんにも聞かなかったことにしようっと。

*

「今日はありがとうございました」

結局のところ、質問にはあやふやに答えてしまっていたが、兎《と》にも角《かく》にも私は責務を果たしたらしかった。一分《いちぶ》の隙もない笑みを浮かべて、女性記者はソファから立ちあがる。

結局、お茶は最後まで出さずじまいだったことを思い出す。それに加えてインタヴューにも上《うわ》の空《そら》だったとは。流石に申し訳ない気分にもなり、外まで見送ることにした。

山奥に位置するこの地は大気が澄んでいて、国内にしては天体観測に適している。星影を内包した昼間の空も、深く天頂に斬《き》りこむように蒼《あお》い。

研究所を一歩出た女は、吹いてきた風に気持ちよさそうな顔をする。

「やはり、山は空気がいいですね。心が洗われるようです」

「そうですか」……都会の波に研磨された人間の内にも、当たり前に自然を愛《め》でる感性が備わっていることに、私は不思議な感想を覚えた。

それを見透かしたかのように、女は微笑む。こうして日々、多くの人間と出会っている彼女は、私とは違って人の心の機微を読むことがとても上手《うま》いのだろう。

「東京で慌《あわただ》しく暮らしていると、こんな雄大な眺めが恋しくなることもあるんですよ。如月先生は、東京にはよくお越しになるんですか？」

「研修会やシンポジウムの時など、仕事のためでしたら。兄も東京に住んでいますし……それ以外の理由で東京を訪れたのは、もうずいぶん前のことですが」

答えてから、ふたたび湧きあがった記憶の余韻に思わず目を細める。

そんな私を見ていた記者は、今度は、なにか腑《ふ》に落ちたような顔をする。

揶揄《やゆ》と親愛を混ぜたような笑みを一瞬だけ浮かべたのち、記事を載せた雑誌が完成したらすぐに送るという言葉を残して、彼女の運転する高級そうな車は、麓へと続く急な坂道へと走り去っていった。

その影を見送りながら、私は一言だけ呟く。

「それは、誤解というものですよ」

……現在は研究一筋に生きている、色気めいた言葉など殆ど口にしなかったこの女も、やはり過去には恋をして、それに敗れたのだ。

おそらくそんな想像図が、彼女の脳内には展開されたのだろう。

でも、そうではない。

家庭を持つどころか長年恋人の影さえも見当たらない私を、助手たちの中でも、陰ではからかっている者がいることも知っている。いくら優秀な学者だってああはなりたくない、というような。

だが、そうではないのだ。

まだ仕事は山のようにある。来週に行う講義の準備もしなければならないし、今日中に目を通す予定の論文もあった。

それでも私は、しばしそこを動かなかった。

今日だけは、もう少しだけ、感傷に耽《ふけ》ったままでいたかった。

＊

日は、既に傾いている。

空は夕焼けの色に染まっている。

タウを好きになってから、なんだか走ってばかりいる。手や足もここ数日についた生傷だらけだ。恋愛のロマンチックなイメージからはかけ離れているけど、あたしなんかが恋をするから、こんなことになるんだろう。

夜がすぐそこに迫ってきている異国の島の道を、駆ける、駆ける。一方、酸素の足りない頭の片隅で、あの日のタウの言葉を脳裏に甦らせようとする。

あたしがタウにはじめて出会って、タウがあたしとお別れすることとなったあの夜——

タウは、言った。姿を消してしまう、ほんの少し前に。

『今言われても、困ってしまうだろうね。君と別れる僕が、どんな気持ちでいるかだなんて。でも、今の君じゃなくて、七日目の君にこの言葉が届くと信じて言うよ』

十四年しか生きていないあたしはまだともかく、タウは、太陽を百五十年の周期で廻っている天体だという。彼の寿命から考えたら、あたしとの七日間なんて、ほんのまばたきするあいだの出来事ではないのか……と、思っていた。

『海良と出会えてよかった……』

その言葉が誠実な真心からくるものであることは、その時のあたしの心にもしっかりと伝わってきた。だが、あの日、タウにいくら別れを惜しまれても、ピンとこなかった。

焦りすぎて、また転んでしまう。膝から血が滲んでいるが、気にかけている暇はない。そして、喉が渇いてヒリヒリだ……あぁ、タウ、水ちょうだぃ。脳内で戯言《ざれごと》をほざきながら、もう一度起きあがろうとする。

草原は視界に入ってきたが、海はまだこの先だ。立とうとして、あたしはやっと、どうしても自分の視界を持ちあげられないことに気がついた。

呼吸の苦しさで、胸に痛みが走る。身体が火照《ほて》るように熱い。すでに辺りは灰色の闇にかげり、大地は夕日のオレンジ色を失いつつあるのに。

すぐにでも続きを走らなければならないが、足が立たない。心臓がとんでもない速さで鼓動を刻み、全身に一本の太い血管が通っているように、どくどくと血を巡らせていた。このまま破れて血があふれだすのではないかと、空恐ろしくなるような勢いで。

やっと気づいた。すでに体力の限界まで走ってきてしまったのだ。転んだのはなにかにつまずいたわけではなく、足が動ける限度を超えて、もつれたからだ。

地面から立ちのぼる草の匂いが、冷たく鼻をついてくる。ショートパンツを穿《は》いてきたので、剝《む》きだしの膝に砂粒が食い込んで、痛い。

泣いてもしょうがないとわかっていても、目の奥で涙がにじんできそうになる。どうしよう。もう、タウは地球に降りてきてしまったかもしれない。

このまま、タウに会えなかったら。

タウの末路は、変わらない。あたしは、タウの運命に対して、本質的にはどうすることもできないのだけど。

地球にやってきたタウが、あたしに会えないままだったら。

あたしに会えてよかったと言ってくれたタウの言葉を、あたし自身が踏みにじることになってしまう。

なにか、方法がないだろうか。タウみたいなマジックも、なにもできない。せめてタウの名前を呼びたくても、喉もガラガラで声なんて出せそうにない。せっぱ詰まった頭で、あたしはそれでも、考えを搾《しぼ》り出そうとする。静かに闇を濃くしていく世界で、ほかにはなにもできることがないのだから。

酸素の欠乏した頭で、恐慌状態に陥りながら、想いを捻《ひね》り出そうとする。

どうにか――なにを――なんとか――なにか……

――タウ！

少年の、いくつもの表情を思い出す。あたしに向けた苦笑も、困ったような顔も、表情を忘れてしまったマネキンみたいな顔も……どんなタウも、くっきりと目に浮かぶ。

――タウ。人間だった頃のあなたには、ちゃんと体温があったんだよね。腕があって、胸があって、自分の足でこの地球の地面を歩いていた。それは、ずっと先のこと。あたしが死ぬよりも、ずっとずっと未来のこと。

――τ-38502aw……あなたには終生、人間らしい名前がつけられなかった。あなたは、終生、人間らしい愛情に恵まれなかった。あたしの想いなど、あなたという広大な闇にはほんのささやかな温《ぬく》みも与えられないのだろう。遠大な宇宙空間に点のような光を投げかける、ちいさなちいさな一粒の星のようなものだ。

それでも、光は届いていく……何光年も、何百光年も、消えることなく遥かな闇のうちを旅しつづける。

どうか、あたしの声も。あなたの宇宙に届いて。

届いて……。

――タウ！

＊

……当時の私は。

最後の夜、自分と出会いさえしなければ、タウはあの海岸に留まることもなく、そののちの一週間を私とタウがともに過ごすことはない筈だと単純に結論づけていた。

だが。パラレルワールドの可能性は、物理学でも否定できない。記憶に逆らうような行動をとった場合、量子物理学の多世界解釈のごとく、タウに会った一週間と会わなかった一週間が並行して存在することとなったのかもしれなかった。

つまり、私にとって、まったく違う一生もありえたということだろうか。たとえば、地上に愛する者を見出《みいだ》し、あらたな家族を持つという選択肢も。

そんな私らしからぬ空想に、僅かに苦笑し――そして、万丈の空を仰ぐ。

母の言った通りなのだ。少女の頃は否定したものだが、私は父親の血を濃く継いでいる。あの人に出会わなくとも、どのみち大気圏の向こうの謎ばかりを追い求め、地上の家族を顧《かえり》みることなど終生できなかったのだろう。

交わした約束に救われたのは、私のほうかもしれなかった。

確かに私は、抗《あらが》えぬ時の流れの中で、恋人と永遠に切り離された。

だが、夜空に瞬く星たちは。

そのすべてが、過去の姿なのだ。恒久の闇を渡ってきた光は、数十年や数百年前、あるいはそれ以上の遥かな時を超えてきている。そういったスケールの時間など、大宇宙の前では一体どんな意味があるというのだろうか。

だから、タウはいつも、私の傍にいるのだ。時の流れの中ではビッグ・バンへと逆行しようとも、未来の私に向けて、ずっと光を放ち続けてくれていた筈だと信じている。たとえ天体望遠鏡のレンズで、その姿を摑まえることができなくとも。

私がどれほどあの人の面影を追おうとも、あの人が私を想ってくれる時の長さには敵《かな》わないだろう。いつまで人間としての意識を保っていたのかは分からないけれど、あの人は塵になってでも、きっと私との約束を果たしてくれる。

私も——必ず約束を守り抜いてみせるよ……タウ。

それが、私から……あたしからあなたに届く、小さな光になるのなら――

＊

「あ……」

頭の中が、瞬間、真っ白になる。

確かに、今手応えがあった。

あたし、苦しい呼吸の下で、おずおずと空を見上げる。

すでに明るい星たちが、包まれたばかりの蒼い暗闇から今夜の光を放ちはじめようとしている。

いつも通りの島の夜だ。だが一瞬、あたしとあの夜空の向こうが電波のようなもので繋《つな》がったような気がしたのだ。それは、ほんの最近に体験したものと、とてもよく似た感覚だった。

激しく打つ心臓の鼓動が、徐々に平常のものへと近づいてくるにつれ、あたしの頭の中も少しずつまとまってくる。それから、笑いがこみあげる。息を切らしながらも、ひとりでくすくすと笑ってしまう。

なんだ、そんなことだったのか。

やっぱり、パラドックスなんて起こらなかったんだ。

だって、言っていたじゃないか、タウは。

『……長い間、宇宙を巡ってきて、今回地球に近づいてきた時、ふと、誰かが僕の存在を感知しているような気がした』

『人類に、僕という天体を観測することは不可能なのに』

『……不思議に思って、その誰かがいる場所を探していたら、太平洋の真ん中にやってきた。しばらく観察していたら、この島を見つけた。この時代にしては最先端の技術でつくられているんだろうなって天体望遠鏡がある、この島を』

いや。望遠鏡じゃないよ、タウ。誰かがタウを感知している気がしたっていうのは、あたしがめくらめっぽうに呼びかけた心の声が、まだ地球の大気の上にいたタウへと微かに届いただけなんだ。

タウとあたしは、幾度かテレパシーで通じあっている。自分で使えなくても、感覚で覚えていた。そう、タウは、こうも言っていたじゃないか……一度テレパシーを使うと、波長のチャンネルがあうから念が通じやすくなるんだって。

この島にタウを呼んだのは、あたし自身だったんだ。

タウは、いつも日が暮れてから姿を現していた。不完全な少年の姿は、天文現象として夜のとばりに浮かびあがる。この島が、太陽の光の届かない夜の半球へと呑み込まれると同時に。

島が地球の昼間の側を通過しているあいだには、タウの心はここにはない。あたしには見えない、時間を逆行している高次元の天体が、どんな最先端の天体望遠鏡にも観測されることなく、地球の傍を通過していくだけ。

だけど、今日はタウにとって、地球にやってきた初日だ。島が夜に包まれる前から、ここにいたわけじゃないんだから。冷静に考えたら、日暮れとともにタウが姿を現さなくても不思議ではなかった。

今のあたしには、手にとるように想像できた。

タウは、今地球の大気圏へと突入したところ。

地球は僕の故郷じゃない、とタウは言った。天体としての故郷は、エッジワース・カイパーベルトなのだと。その言葉に偽りはないのだろう。眼下に広がる地球の海を目にしても、天体少年はちっとも懐かしさをおぼえないのかもしれない。

今上空の彼方にいるタウは、あたしのテレパシーを疑問に思う。途方もない時の流れの中で宇宙を彷徨っていたタウにとって、さぞかし奇妙なメッセージに違いない。

そしてタウは、自分を見ているらしい地球上の誰かを探しはじめる。

それならば。これから海に行っても、きっと間にあう。

あたしは立ちあがった。足は攣《つ》りそうに痛んだけれど、さっきより回復している。

これなら、どうにか歩いていけそうだ。

闇に包まれた草原を抜ける。いつも通り、さわさわと風が渡っていく場所。タウと一緒に枝に腰掛けた潅木も通り過ぎる。時折、日暮れた空を見上げてテレパシーを送る。見えない上空で迷っているタウが、あたしのいる島をちゃんと見つけられるように。

同時に、頭の中で、これからタウに話さなきゃいけないことを整理する。あたしは、きっとタウに会える。会えるけれど、おそらくそれは束《つか》の間《ま》だ。そして、まごうことなき、今夜がお別れの日。ちゃんと話しておくことを決めないと、後悔することになるかもしれない。

あたしが最初に出会った日、タウはほかになにを話していたっけな。

『君にもう会えないのならば、僕はこの残された人間の姿さえ、もう失ってしまうのかもしれない。もっと希薄な存在になって、天体とも呼べない宇宙の塵になるのかもしれない。でも、いいんだ。そうなってもちっともかまわないと思えるほどの七日間

を、君は僕にくれたんだから。それは、永劫の時を無感覚な存在のままで流離ってい
くよりも、ずっと幸せなことなんだ。
やがて塵となった僕は、君との思い出をビッグ・バンまで運んでいくよ。もう傍に
いられない代わりに、僕は、それを海良に約束する』
……タウとくちびるを重ねた時に、流れ込んできたヴィジョン。
あの時、あたしの心を占めたのは、永劫の時を過ごす孤独よりも、自分が発狂する
ことへの恐怖よりも、ただひとり宇宙を流離っている自分を誰も知らないことへの寂
しさだった。闇の中でやがて自分が消えてしまっても、誰も悲しむことはないという
絶望だった。
それは、あたしではなくて、タウ自身がずっと味わってきた苦悩だ。天体となって、
三次元世界の住人ではなくなっても、最後までタウの意識に残された人間の心だった
のだ。
ならば、あたしはタウに約束しよう。
あたしの寿命はこの宇宙に比べたら、ううん、天体になったタウの過ごしてきた歳
月に比べても、ほんの瞬きするほどの時間でしかないけれど。
このあたしの命が燃え尽きるまで、タウを覚えている。

太陽系を一人で旅しつづけるグレーの髪の少年を、ずっと想っている。

たとえ、あたしが他の誰かを好きになっても——忘れない。

だから、タウ。時間軸の上では遠く離れていくほかないのかもしれないけど、あなたも……あなたがあなたである最後の瞬間まで、いいえ、塵となってビッグ・バンに到達するまでの百三十七億年の時までも含めて、あなたを想っている人間がたったひとりだけ、ここにいることを忘れないで。

草原が終わりに近づいてきた。昨日も来たばかりの、海へと続く岩場が目の前にある。よじ登ろうとして見上げると、いつしか、空が今夜も満天の星に埋め尽くされているのに気がついた。目が暗闇に慣れてきたのだろう。

たった、七日間。大宇宙のスケールから考えたら、ほんの一瞬とも言える出来事だ。でも、本当にそうだとは限らない。

なぜならば、タウはこうも言っていたじゃないか。

『僕と六日間を過ごした君は、七夜目に君とはじめて会った時の僕に出会うだろう。そしてその僕もまた、六日後に今夜の君と出会う。そんな風に、僕たちはずっとこの草原で一緒にいられるんだ。有限である宇宙の年齢よりも長いかもしれない、本物の永遠という時間をね』

今、宇宙からこの島を目指しているタウを想う。あたしは正直言って、彼のことが羨ましかった。だってこれから島にやってくるタウは、これからあたしとの七つの夜を過ごすことができる。一緒に海を見て、東京に行って、あたしとキスして、空を飛ぶ練習をして——あたしの過ごした七日間を、逆回しに生きていく。そして最後には、タウにはじめて出会った時のあたしに会うのだ。そして、今度はそのあたしが、新たなタウとの七日間をスタートさせる……。

ともに過ごした七つの夜からどんなに長い歳月が流れようが、まるでメビウスの輪みたいに永遠に続いていく、二人だけの時間軸が存在していると想像することは、あたしにとってもタウにとっても、この先大きな救いとなるだろう。

しかし、この論理は一体、どこで生まれたものなんだろう。タウは、あたしがこの空想をタウに教えたのだと言っていた。でも、あたしはタウから教えてもらったのだ。誰がはじめに考え出したのだろう……まるで、ニワトリと卵だ。大袈裟に言えば、宇宙がどうやって誕生《たんじょう》したのかということと同じくらいの謎かもしれない。

潮の香りが、鼻腔に差し込む。さらに足を擦り傷だらけにしながらも、あたしは岩場をどうにか自力で乗り越えて——暗い波が寄せては返す、砂浜に辿りついていた。

最後はやっぱり、愛していると言いたい。でも、時間が足りなくて、言えないままで終わるかもしれないな。きっとあの日、あたしと別れていったタウと同じように。

もうすぐ、ここにやってくる。まだ、あたしのことを知らないタウが。

ゆっくりと夜気を吸い込む。この輝きわたる星空から、いとおしい天体少年が姿を現した時、きっと表情を微動だにさせない人形のような彼に——これから、あたしが生涯をかけて想う男の子に、これからあたしを好きになってくれるタウに、最初にどんな言葉をかけようかな、と迷いながら。

はじめて恋をした男の子との最初の出会いを、最後のお別れを——

星空の下、あたしはただ、静かに待ち続けていた。


〈了〉

あとがき

子どもの頃《ころ》、ジュニア向けの天文学の本を読んでいたら、宇宙の終わり方について、こんな説が書かれていたような覚えがあります。

現在、宇宙は膨張《ぼうちょう》を続けているけれど、やがて重力によって、広がっていくスピードがどんどん緩《ゆる》やかになり、いずれは膨張が止まるか……あるいは重力で再び縮《ちぢ》み始めて、宇宙のはじまりと同じように、一点に収縮してしまうか（ビッグ・バンと対比する言葉として、ビッグ・クランチというそうです）。宇宙がどんな終焉《しゅうえん》を辿《たど》るのかは、暗黒物質という正体不明の物質の量がどれだけ多いかによって決まるのだと。

個人的な希望としては、ビッグ・クランチがいいなあ、とかねてから思っていました。大宇宙に向かって、個人的な希望もへったくれもないような気もしますが。ビッグ・バンによって散らばり、今はわたしたちの身体を構成している分子も、銀河やブラックホールや、一番遠い恒星だったものも、みんな宇宙の終わりには一つに還って、そして、そこからまたビッグ・バンが起こり、新しい宇宙が生まれるのかもしれない。そんな仮説を読んでいると、無性にワクワクしてしまったから。

ですが、このお話を書こうとしていた頃、久しぶりに宇宙について色々調べてみると。

いつの間にか、暗黒物質……ダークマターや、ダークエネルギーという正体不明のものが宇宙の殆《ほとん》どを占めているんだって話になっていて。しかも、ダークエネルギーのせいで、宇宙の膨張は緩やかになるどころか、さらに加速していって、宇宙はやがて星も銀河もバラバラに離《はな》れた空間になってしまうのだって……そんな説の方が有力となっているようです。

宇宙の終わりが、茫漠とした墓場になってしまうような、救いのない結末だなんて。まあ人生には全く関係ないような時間の果ての話なんですが……そう言ってしまうのであれば、日常生活のレベルでは、地球のまわりを太陽が公転していようが、実は地球が球体ではない平面世界だろうが、あんまり関係はないのかもしれません。でも、それでは自分の見ている世界観というフィルターだって、やっぱり変わってしまうような気がします。

わたしたちの生まれた宇宙は、夢のあるものであってほしいよ。

行く末が真っ暗だなんて、あまりに寂しいじゃないですか。みんな散り散りになって、かつて届かなかった人の想《おも》いさえ、さらに離れていってしまうようで。

……というほどポエミィなことを考えていたわけでは勿論《もちろん》ありませんが（笑）、このお話を書いてから、そんな寂しさに対して、個人的に折り合いがついてきた気がします。大宇宙を相手に、折り合いとか言っている自分もよく分かりませんが。

天体少年であるタウは、逆行した時間を進んでいます。だから、彼の時間の流れから言えば、宇宙は逆にどんどん縮んでいって、小さくなって、最後には（お話では、語り手が海良《みら》なので、タウにとっての宇宙の終わりはビッグ・バンなんて言っていますけど）ビッグ・クランチという形で宇宙が終わる筈なんです。

宇宙の方向にはどちらが上とか下とかないように、時間だって、どっちの流れがさかさまとか、ないのかもしれない。時間の一方では限りなく散り散りになった宇宙も、もう一方の時間の端っこではちゃんと一点で結ばれているという訳で、宇宙はやっぱり寂しくないよっていうことでお願いします。ええ、きわめて個人的な希望として。

はじめまして、渡来《わたらい》ななみと申します。

この本が、わたしにとって、はじめての小説出版となります。第十八回電撃《でんげき》小説大賞四次選考で落選した作品でしたが、改稿を重ねての出版というお話をいただいた、とても幸せな物語となりました。

未熟者の作者をご指導していただきました担当さまをはじめ、イラストを描いてくださったｓｉｍｅさま（現時点ではラフイラストしか拝見していないのですが、とっても素敵《すてき》で、表紙の完成がなによりも楽しみなのです）、選考や出版などでお世話になりましたすべての皆さま、いつも支えてくれている友人たち、家族、そして、この物語を読んでくださったあなたへ、心からの感謝《かんしゃ》を申し上げます。ありがとうございました。

おかげで、今も空の向こうを運行している天体少年も、やっと本当の意味で救われたような気がしています。

満天の星空を仰ぐ夜、ちょっぴりだけ彼のことを思い出してくれる誰《だれ》かが、日本のどこかにいるといいな……なーんて、贅沢《ぜいたく》な空想をしながら。

また、いつの日か、お会いできることを祈っています。

二〇一二年八月　渡来ななみ

（追伸。この本は、さかさまからタウ目線でお話を辿ってみると、なにか発見があったり、なかったりするかもです）

渡来ななみ　著作リスト

天体少年。　さよならの軌道、さかさまの七夜（メディアワークス文庫）

メディアワークス文庫

天《てん》体《たい》少《しょう》年《ねん》。

さよならの軌道《きどう》、さかさまの七夜《ななや》

渡《わた》来《らい》ななみ

発行　2012年9月25日　初版発行

発行者　塚田正晃
発行所　株式会社アスキー・メディアワークス
〒102-8584　東京都千代田区富士見1-8-19
電話03-5216-8399（編集）
発売元　株式会社角川グループパブリッシング
〒102-8177　東京都千代田区富士見2-13-3
電話03-3238-8605（営業）
装丁者　渡辺宏一（有限会社ニイナナニイゴオ）
印刷・製本　加藤製版印刷株式会社

ISBN978-4-04-886997-3 C0193

メディアワークス文庫　http://mwbunko.com/
アスキー・メディアワークス　http://asciimw.jp/

本書に対するご意見、ご感想をお寄せください。

あて先
〒102-8584　東京都千代田区富士見1-8-19　株式会社アスキー・メディアワークス
メディアワークス文庫編集部
「渡来ななみ先生」係